Michèle Thoulon-Languet *est née à Compiègne de parents enseignants. Elle écrit sur des sujets qui lui tiennent à cœur dans un style touchant et très personnel. Trouvant l'inspiration dans son propre vécu, elle propose, dans cet ouvrage, un portrait savoureux de femme à poigne, personnage authentique, et tellurique grand teint.*

Le Tablier bleu

Du même auteur

Aux éditions De Borée

Maria du bout du monde, collection Romans, 2009

Autres éditeurs

Sel, Edilivre, 2017
Vagabondages, Edilivre, 2015
Là où volent les papillons, Edilivre, 2014

TERRE DE POCHE
45, rue du Clos-Four – 63056 Clermont-Ferrand cedex 2

Michèle Thoulon-Languet

Le Tablier bleu

de Borée

TERRE DE POCHE

« Il adhère toujours un parfum
à la main qui offre des roses. »

I

De grâce, arrête de rabâcher

« De grâce, arrête de rabâcher que tu vas mourir la Yute ! Tu es immortelle. Pourquoi t'amuser à nous faire peur ?…

— C'est vrai que le bon Dieu a pas l'air de vouloir me rappeler ; je suis pas encore mourable. »

On a oublié son prénom de Germaine depuis le temps qu'on l'appelle la Yute, une déformation de son nom de Saint-Just. C'est ainsi que l'on procède en Berry. La Yute est une tellurique, un extrait bon teint de sa terre, autant qu'elle l'est du ventre de sa mère. Rebelle et coriace aussi, avec « un cœur gros comme ça » et les bruits en elle, d'une campagne aimée qui chante ses mélodies. Elle en est imbibée de son pays, et dotée d'une fraîcheur d'âme émouvante dont elle lui est sûrement redevable… À l'occasion elle entre en furie, débridant un feu contenu. Elle explose, inapte à couver haines passagères ou ressentiments, et rend coup pour coup. Elle en est décomposée, saignée à blanc. Toute gamine, elle fut un jour, tellement prise de rage à la suite d'une punition injustifiée, qu'elle en tomba inanimée sur le carreau. La douce Juliette, sa sœur de lait, n'ayant pas avoué avoir chapardé la dernière pêche de la corbeille, c'est la terrible Yute qui fut systématiquement soupçonnée et condamnée.

Ils la connaissent bien ici au village. « Bah ! elle est vite calmée. » Depuis le temps, ils sont habitués à son regard d'envie de mordre. Ils n'ignorent pas que la moindre provocation la fait se dresser tel le gorille mâle. Menacé, il relève le buste en se frappant la poitrine. Et cet air durci parfois, de qui refoulent ses hoquets ! À quoi bon lui suggérer de faire effort pour plus de gracieuseté ? Elle n'entend pas…

Mais de fugitives douceurs surprennent, qui estampillent le visage. Transfiguré, il apparaît calme, purgé, les traits délayés dans une tendre rosée de matins clairs. Elle en devient belle. Belle de malice aussi. Et de son plaisir évident, lorsqu'elle avance un petit verre accompagné d'une portion de ces galettes ou de ces tartes dont elle a la spécialité. Généreuse, elle vous en gave « gueulards que vous êtes, vos babines en frémissent ».

Cela près de l'âtre et des braises, ou bien près de ses rosiers en fleurs.

Jamais une effusion, ce serait obscène ; aucune faiblesse. Que non ! elle risquerait de fondre ; alors, elle s'en étranglerait. Digne, la Yute… D'une dignité qui ne compose pas avec les minauderies. Par son attitude et par l'œil volontaires, elle entraîne les âmes tendres amies dans un mimétisme systématique, malgré elle et à leur insu. Elle ne fait rien pour paraître bonne. Elle dit tout ce que traduit la dureté de cœur. Si l'on peut préjuger avec certitude de l'authenticité d'un meuble d'époque, c'est moins probable en ce qui concerne l'authenticité d'un humain. Quelques-uns, quelques-unes s'en approchent… par le truchement de certains angles, de certains reflets… Elle-même entre autres…, qui en est même très proche, et ses quelques faux-semblants ne peuvent échapper à l'interlocuteur circonspect, puisque d'un subtil revers elle fait en sorte de se trahir. Sa loyauté est sauve.

La coquetterie l'indispose et la fatigue. « L'anticoquetterie » la séduit. Elle est sa loi à elle, celle à laquelle elle se plie sauvagement. Pour preuves, des cheveux coupés court et plaqués vers l'arrière sans les moindres crans, ou mèches coquines, le grand chapeau ingrat collé sur un front joli, les blouses confectionnées avec goût mais qu'elle néglige d'ajuster à une taille qui se veut fine. « Dame ! je suis bien comme je suis, regardez la moitié de ces originaux, on dirait-ti pas des cara-courours[1], attifés comme ils sont avec ces couleurs mélangées qui vous crèvent les yeux. »

L'intelligence et ses turbulences à nu suppléent au maquillage. On remarque surtout ses yeux dans le visage cristallin, bien que pas bien grands, pas bien beaux, plutôt petits. Elle a toujours rêvé avoir des yeux qui lui auraient mangé la figure ; « tiens, qui ressemblent à ceux de ma Catherine, la petite Hongroise que j'avais hébergée pendant la révolte là-bas en Hongrie ». Mais les regards sont tellement consistants. Ils sont à l'égal des verres à double foyer de ses lunettes ! Ils vous décortiquent, ils vont jusqu'au bout de vous. Le talent d'un peintre fait malheureusement défaut à une éventuelle exploitation de son sens pointu de l'observation.

Elle semble croquer ce qui se présente, quand elle se campe solidement sur des jambes dont elle est fière, et les mains sur les hanches. Raide, fixe comme une statue, elle tient tête au temps dans le prestige du célibat. De la même façon, elle se poste aux lisières de ses domaines, soudée au sol tel un guetteur. Elle évalue la future récolte, scrute l'horizon vide de toute présence comme si elle cherchait à comprendre les éléments, et parfois, s'allonge un peu, pour devenir sa terre, son

1. *Volatile de la pampa aux couleurs multiples.*

herbe, son jardin. Elle se sent si bien là, comme d'autres contre une poitrine aimée. En symbiose avec les dieux du silence et embrassée par eux pour quelques instants d'un repos bien mérité.

Et le soleil, quand il pose un doigt brûlant sur ses lèvres, la sort d'une mer douce.

Elle s'encadre ainsi dans sa porte de cuisine continuellement ouverte. La porte, bras tendu de côté avant l'étreinte, tel un signal d'accueil. La Yute est là dans l'attente ; présente pour tous ; à l'écoute ; prête à rendre service.

La pièce est carrée. Le cocon est chaud, qui tient lieu non seulement de cuisine, mais de chambre et de salon. Il enferme l'antique cuisinière, le nid tiède du lit, son doux édredon et son matelas de laine. Et la table ronde à portée de main en son milieu, pour mieux sceller les amitiés.

Les nuits d'insomnie, lorsque le vent ou le ciel sont pleins de mauvaises intentions, la Yute n'a plus d'oreilles que pour les crépitements réconfortants des bûches qui veillent et agitent l'obscurité de son repaire, la palpant des lueurs incertaines qui se reflètent jusque dans le miroir fêlé. Retranchée dans cette tiédeur, sans plus de spectateurs, elle se laisse aller à elle-même, détendue et portée par la pensée du lendemain déjà souriant.

On la surprendra au petit matin, chaussée de ses sabots de bois et emmaillotée dans la toile rugueuse de l'ample tablier bleu qui lui sied mieux qu'une robe de bal, à en remplir la grande poche plaquée sur le ventre, de fruits ou de légumes ramassés dans les champs alentour – mes grandes surfaces dit-elle – les champs des voisins ou bien les siens. On ignore les frontières.

Elle grappille ainsi, prise d'un plaisir enfantin, une citrouille par-ci, une cerise par-là, et cachée sous son chapeau à larges bords. Ils grappillent tous au village. Vols de gens honnêtes, petites rapines de bon voisinage. Des échanges indirects somme toute. On ferme les yeux. « Dame, on n'est pas riches ici, on se rend service à sa manière ; en favorisant les petites économies, c'est pas ben grave. »

Elle colporte la joie des couleurs de son jardinet fleuri tel un gai nuage de fleurettes où seuls une allée dallée, une table et un banc ont leur place, l'été pour les heures de détente à l'ombre d'un mur croulant. Et pour les soirées fraîches où tous dînent dehors, éclairés par le faisceau de lumière qui se glisse des portes et fenêtres, dans le ballet des papillons de nuit.

C'est là que la Yute « reçoit ».

Elles arrivent à plusieurs comme des mouches, les dernières aïeules du hameau. Elles s'alignent côte à côte sur le banc avec des mines de gamines farceuses, pour faire panier plein de plaisanteries et de médisances. Les chroniqueuses se tiennent au courant des mariages ou des naissances ou des dernières prophéties de la pythie du coin, prétextes à des allées et venues incessantes pour des rencontres chaleureuses. Elles accumulent ces petites monnaies de leurs quotidiens qu'elles ne manqueront pas de redistribuer à la première occasion. Ragots qui prennent de l'ampleur d'un bout à l'autre du village et que les langues acérées encombrent de bien des métastases. Elles repartent, tranquilles et satisfaites, en réajustant le chapeau de paille ou en resserrant le nœud de la ceinture de blouse qui a un peu lâché.

« Tiens la Yute, je suis revenue t'apporter quelques pétales de coquelicots séchés qui traînent dans une boîte ; j'ai trouvé que tu toussais ben tout à l'heure, fais-en une infusion.

— Merci la Guite, veux-tu un peu du reste de mon coq au vin, je le digère pas très bien ? Je sais que tu l'aimes. Dis donc as-tu remarqué ce qu'elle a maigri la Fernande ?

— Dame ! elle va plus faire long feu !

— Qu'est-ce qu'on en sait ? Il y a des miracles. »

Et la Yute retourne à ses œufs au vin, à sa soupe aux oignons et à la chaleur du chat « Beauté ». Elle est le condor de son ciel à elle. Elle doit avoir dans le secret de ses poches, nombre de germes de petits soleils qui prolifèrent au fil des ans. Elle en est illuminée quand elle piétine dans son jardinet sacré. « Pas besoin d'aller chercher le paradis de l'autre côté, moi je l'ai là. »

Un paradis choisi, entre un quart de façade et un mur bas surmonté d'un grillage. Il est inutile qu'elle mentionne sa tendresse pour le parterre de tulipes qui l'égaie, si on a l'occasion de la surprendre à le contempler pendant l'une de ses pauses. Elle cajole dans une intimité silencieuse ces coupes grenat orangé – un ton indéfinissable à vrai dire – doublées intérieurement d'une coupelle marron, ciselée et frangée de jaune. Aux yeux de la Sophie aussi, elles s'apparentent à des objets rares.

« D'où que tu peux ben les sortir celles-là, sorcière de Yute ?

— Dame ! je garde le secret du miracle ! Mais voyez donc comme la touffe de diascias s'est dégarnie ! Faut que j'en rabatte les tiges.

— Au tiers de leur longueur, vous trompez pas... »

Instants ludiques et graves ; la Yute s'active. L'attendrissement l'envahit lorsqu'au cours de l'été, les fleurs graciles lui font l'honneur d'abonder à nouveau. D'une caresse des yeux elle remercie, émue, le cœur dilaté de gratitude.

« C'est vrai que la Sophie a pas trop la main verte, se dit-elle. Chez elle, ça pousse pas plus que le buis sur la croix. »

Personne d'autre qu'elle n'est à la hauteur pour soigner ses fleurs, ses « favorites », sous prétexte qu'il faut l'habitude, le doigté. Elle prend à témoin ses splendides touffes de némésias aux feuilles élancées et d'un vert qui met en relief les plus pâles. « Celles-là, il faut pas trop les arroser sinon les racines pourrissent, ça fait crever la plante. Je sais exactement doser, j'ai l'expérience de trop de gâchis. Dame ! l'expérience… c'est pour tout pareil… Regardez-moi cette jardinière de marguerites comme elle est belle ! Là il faut pas trop mouiller, surtout pas le feuillage. »

Les « r » roulent, de l'expression, avec l'arôme de l'accent berrichon. Et hors de cet éden c'est encore le salut. Elle donne à sa vie, figure de vacances permanentes et bien remplies. Jamais de plaintes, jamais de fatigue. Elle nage, satisfaite. Elle agace bien un peu, à trop souvent parler d'elle, et avec tellement d'ardeur qu'elle vous saoule. Elle est de ces solitaires qui s'imposent dans un besoin d'être écoutées ; peut-être pour le vague sentiment de son peu d'importance au vu des autres. Avec l'air de ne pas y toucher, elle attend du visage en face l'indice de taille qui prouverait le contraire. Mais elle n'ennuie pas, avec sa façon de traduire son existence banale cousue de riens, en un conte loufoque pourvoyeur de rires et d'originalités. Des friandises qu'elle lance à la volée, friandises pas toujours appréciées. On ose à peine l'affronter dans les conversations. Avec son sens de la repartie et ses perpétuelles improvisations, elle a tôt fait de mettre hors-jeu. Vous restez sur la touche. Elle décroche le pompon.

Délicate ou fruste ; intelligente ou sotte ; piquante mais jamais flatteuse, elle navigue dans les rôles. Constante dans l'esprit de contradiction, elle « est » sur le champ, ce que l'interlocuteur n'est pas. Elle s'amuse tout en menant tambour battant semences, ratissages, vendanges, moissons, pour l'amour de quelques lopins de terre de plus en plus bas dont elle est l'héritière, avec la maison de ses parents. On s'explique là son attention maniaque aux caprices du temps et cette façon de se précipiter sur le pas de la porte dès le saut du lit. Elle relève la tête, tâte l'air de sa chair, en tire des conclusions. Il existe ces jours marquants où la couleur du jour préfigure celle de telle ou telle saison à venir, les proverbes en témoignent. Dernièrement elle avait remarqué que le vent d'est avait soufflé à 10 heures, l'heure décisive de la dernière messe des rameaux. « C'est pour ça qu'on a eu ce vent d'est toute l'année », décrète-t-elle.

Aucune de ces dates importantes n'échappe à son observation, et sa science de paysanne aidant, elle offre sans faillir les fruits de son savoir, appuyée en cela par les commentaires assurés d'un voisinage aussi savant.

Elle s'est assise pour prendre un peu de repos sur la margelle du puits de la cour. L'endroit est paisible. Il y fait bon rêver quand le soleil s'affaisse. Tout paraît alors plus pur, plus serein. Ses fantômes familiers flottent autour d'elle dans une vapeur dense. Ils l'interpellent avec tendresse.

Elle s'est penchée doucement par une habitude vieille de tant d'années, sans même plus s'attarder sur son image qui flotte en bas. Des seaux y baignent. « Il faut que je pense à en remonter un tout à l'heure, j'ai plus de bouteille à la maison pour offrir un petit verre, à la veillée avec les voisins. » Une autre la remplacera, qu'elle aura remplie au tonneau ; « l'eau du puits, c'est pour la fraîcheur », explique-t-elle à ceux qui s'en étonnent. Et allègrement, elle tourne la manivelle pour que s'enroule la chaîne porteuse des seaux qui affleurent en douceur.

Il fait si calme qu'on entend à peine les gouttes de la dernière pluie projetées d'une pierre à l'autre. Des teintes inattendues ressortent à travers un fourmillement d'étoiles nées de l'eau et des derniers balbutiements du soleil. Des ombres suivent, qui s'affirment dans le jour las. La Yute s'abandonne, l'esprit au repos. Les jeux des derniers rayons et du duvet blond des joues auréolent le bas du visage de reflets soyeux. Ses pieds qui vont et viennent dans un mouvement machinal tracent des lignes légères dans l'herbe courte de la cour.

« Cot, cot... » Sa volaille bien-aimée vient jusqu'à elle, soulevant l'une après l'autre les pattes grêles avec lenteur, avant de l'encercler. Elle est heureuse la Yute, là, avec ses protégées. Elle goûte une vraie joie... « Oui, oui vous allez les avoir vos grains, vous pouvez pas me laisser un peu tranquille, drôlesses ? »

Elle s'attarde avec des œillades attendries et la poitrine gonflée par un petit coup de sang intérieur. On dirait une grande sœur gardienne des plus petits qui attendent tout d'elle. Des baisers semblent fleurir sur ses lèvres indécises. Elle est dans un songe. Toute légère. Toute neuve auprès de ces cœurs propres. « Dame ! c'est innocent ; c'est ben inoffensif ! »

Elle pense à la Virginie, encore elle. La Yute ne lui a jamais rien dit, n'a jamais rien fait qui puisse la froisser mais l'autre lui a toujours injecté du vinaigre dans le corps à la moindre occasion.

« Ce qu'elle avait pu vexer ma mère, elle toute fière de son petit-fils, quand ma sœur était venue en vacances ici. Il avait à peu près six mois et déjà il s'asseyait. On peut deviner comment il ressortait dans cette voiture bleue avec un fond crème, noir qu'il est ; une vraie pie… On allait au marché et maman a appelé en passant Virginie qu'était occupée dans son jardinet, pour lui faire voir ce petit gars.

“Hé gué… il est peut-être laid… ben il est peut-être laid.”

Maman a été blessée ! Elle a rien répondu mais on a marché vite en repartant… “Ça par exemple, cette taupe qui dit que mon petit gars est laid !”

C'est vrai qu'il ressortait, le petit Georges, dans cette voiture avec l'intérieur clair ! Autant qu'une mouche dans un verre de lait.

Elle en faisait que des comme ça, la Virginie. Elle s'était encore distinguée aux noces de la Fernande où il y avait du céleri rémoulade. C'est La Pigeate qu'avait préparé ça. Tout en le mangeant, elle s'est tournée vers le père Pigeat assis à côté d'elle. Il avait fait une congestion cérébrale et il était un peu dans le cirage. “Eh ben père Pigeat, c'est ben bon ça, c'est ben bon mais, dame, elles seraient meilleures ces nouilles si elles étaient un peu plus cuites.”

J'ai bien failli avoir des histoires avec elle à cause de Catherine. Ma Catherine, ma protégée, ma Hongroise qu'était si belle avec ses grands yeux verts, et que j'aimais tant. Elle est mariée maintenant avec un Alsacien et tous deux viennent me voir chaque année. Je lui avais donné un bâton de réglisse ce jour-là et elle *roq'tounait*[1] ça. Elle l'appelait du bois qu'on mange. La Virginie, en passant, lui a demandé :

"Qu'est-ce que tu manges ?

— C'est du réglisse ; c'est la ta-Yute qui me l'a donné.

— Tu devrais ben m'en donner un petit bout. Dis à la ta-Yute qu'elle m'en donne.

— Non t'en auras pas ; la ta-Yute a dit que t'avais la gueule trop grande."

Dame ! les gosses c'est nature... Ça connaît pas la litote ; elle a ben souvent failli me faire avoir des histoires. »

1. *Mâchouillait.*

II

Dame ! j'étais un peu leur mère

LE MARIAGE n'a jamais vraiment intéressé la Yute ; pas plus que la présence d'un compagnon.

« Non pas que j'ai pas voulu. C'est eux qu'ont pas dû vouloir de moi ; je suis si laide, si de travers. J'ai pas de grâce et *la grâce, c'est un appât sans hameçon.*

Dame, jamais personne m'a donné des illusions de ce côté-là. Il y avait qu'à entendre ces deux escogriffes qui guettaient notre passage tous les jours avec "mes filles" du temps où j'étais surveillante d'internat. C'est quand on se rendait à la cantine. Du plus loin qu'ils me voyaient, ils chantaient "tu me plais, tu me plais". Dame ! c'est sans pitié à dix-huit ans.

À vrai dire aucun m'a éblouie, j'ai jamais reçu la foudre sur la tête. Le coup de foudre c'est un peu le feu sur la paille. Il vaut mieux que l'amour ça vienne tout doucement après ; c'est plus solide parce qu'à mon avis, la passion brutale, ça vous colle du velours noir au cristallin mais avec le mariage, il se délave bien, le velours, et il se dissout dans l'acide. On le dit que l'amour est aveugle et que le mariage, ça ouvre les yeux. Alors… J'y ai quand même gagné de ne pas avoir eu à me fatiguer pour plaire. »

Elle a préféré dispenser son amour à des gosses qui lui furent confiés et qui l'appelaient ta-Yute. Des enfants de la DDASS. Ta-Yute-maman, ta-Yute-papa, et même ta-Yute-gâteaux, elle fut une tata différente des autres, car une tata n'appartient qu'à un lot restreint en général. « Dame ! j'étais un peu leur mère ; ni bio, ni adoptive. J'avais droit à aucun titre. » Elle ne jouissait d'aucune prérogative, d'aucun privilège, si ce n'était d'être aimée d'eux. Elle était là. Avec sa force légendaire et le courage de deux.

Les soirs d'été, les enfants s'endormaient, lovés dans de grands draps de toile blanche. Ils affectionnaient le bon édredon bordeaux bourré de plumes, et le doux matelas de laine préalablement réchauffé par la brique brûlante qu'elle glissait au pied du lit les nuits d'hiver. Elle, la Yute, tapie dans un tout petit lit fiché dans un renfoncement de la cuisine n'autorisant de place que pour cette couche et la table du poste de TSF qui en grignotait la frontière, donnait l'impression d'un chien repenti, tout penaud dans sa niche. Endormie là, défenses abandonnées, elle n'avait plus rien du majordome dont elle peaufinait le rôle.

La porte de la cuisine demeurait ouverte – unique pièce chauffée grâce à la cuisinière –, pour que se répande jusqu'aux enfants la chaleur des dernières bûches qui crépitaient. Mais en toute saison les volets étaient tirés dès la tombée de la nuit contre les spectres venus du dehors. Un crucifix, son brin de buis veillaient.

Elle explique à tous que son état de mère occasionnelle lui a été en quelque sorte imposé lorsque toute jeune, elle avait dû recueillir ses neveux alors âgés de huit et dix ans, les enfants de sa sœur Jeanne qui venait de décéder, laissant un mari plus qu'inapte à la remplacer. Les deux orphelins auraient été perdus sans l'existence de leur tante. Les blanchir, les nourrir, se priver et faire abstraction d'elle-même, rien que de très banal et d'instinctif pour elle. Tout le monde n'y est pas disposé. Elle n'hésita pas. La-Yute fut pour eux « la ta-Yute ». Elle le devint systématiquement pour leurs copains, puis pour les gosses du village gagnés par la contagion. Si bien qu'on ne la connaissait plus que sous cette étiquette familière. En outre, elle se consacrait ponctuellement à certains enfants de la ville qui lui étaient confiés pendant les vacances scolaires, pour raison de santé parfois, mais le plus souvent parce qu'ils préféraient aux voyages en famille cette existence pour eux peu ordinaire. Solution avantageuse pour des parents en mal de repos et pour l'ego de la Yute. Dans son esprit, dans son langage, ils devenaient « mes gars », « mes filles ». Dans son cœur aussi. Elle avait trouvé sa vocation ; sa vraie vie était là.

À la fin des vacances, tous repartaient le cœur gros vers les crayons fraîchement taillés, vers les porte-plume et les tabliers empesés, et à la grande satisfaction de l'hôtesse, le cœur plus gros encore, de devoir renoncer à ce paradis campagnard. Ils ne regrettaient sûrement pas le grand bol de lait de chèvre ou la cuillerée d'huile de foie de morue qu'elle leur imposait sans discussion le matin dès le réveil. Pas plus que le jus des navets qu'elle faisait macérer dans le sucre ; un fortifiant à toute épreuve d'après elle. Les fortifiait aussi, le verre d'eau imposé pendant une semaine dans lequel, pendant une semaine également, elle avait laissé tremper des clous. Le fer de leur rouille paraît à toute anémie éventuelle. Quant aux autres, ceux qui lui étaient confiés jusqu'à leur majorité, ils s'en allaient un jour, ils la quittaient, laissant en elle quelque secret espoir déçu. Elle se faisait une raison ; elle se disait que même les enfants de sang quittent un jour le nid.

Alors elle s'accrochait aux suivants. Sa vie se trouvait multipliée par cinq, par dix, par vingt.

Caroline fut des premiers. Une vacancière. Une Caroline toujours attentive, qui buvait les discours savoureux de la Yute et n'en manquait pas un, mais à qui il arrivait de se rebeller contre une autorité étouffante. L'argument le plus frappant, c'est elle qui l'avait trouvé, et que la dame des lieux recevait non seulement comme une offense, mais comme un coup au cœur. Caroline en usait aux heures de rébellion, témoignant aux yeux des autres de ce qui atteignait le mieux cette cheftaine dans sa sensibilité. Et l'exemple porta. « Je ne viendrai plus en vacances chez toi ; tu triches, t'es pas une tata, pourquoi ils t'appellent tous ta-Yute ? T'es une fausse tata et puis c'est pas beau chez toi, c'est plus beau chez nous et je t'aime pas. » Sa nature, malgré une indiscutable affection, ne la poussait pas jusqu'à l'indulgence ou à l'invulnérabilité voulues. « Dame ! je te le rends bien », fut-il rétorqué à Caroline qui dut payer l'affront de quelques représailles.

La Yute s'était montrée plutôt satisfaite de sa réponse ; elle se plaisait à rapporter l'anecdote du même ton, plus tranchant qu'une lame de rasoir. C'est ainsi que pour tous, la Yute devint la fausse tante aux heures de trouble.

Elle a dépassé la septantaine et vit seule avec son chat « Beauté », Caroline et les autres se rendent souvent chez elle, amarrés à jamais à cette femme attachante. À sa force stable. Ça n'est pas faute pourtant de brimades dans leur enfance. Ses coups « d'*ortrugées*[1] », originaux et légendaires en sont un exemple, quand ils la faisaient damner… Elle avançait volontiers le double avantage d'une méthode qui active la circulation et qui les empêche de faire des bêtises pendant qu'ils se grattent. S'enorgueillissait d'une technique affinée.

Car en cas de conflit, en quelques enjambées coléreuses, elle se retrouvait dehors à ramasser des orties pour leur en cingler les jambes. Elle s'en flatte encore. Un moyen pas bien cruel mais efficace, et pour certains, moins douloureux que les coups infligés chez eux, dans leur prime enfance. Elle s'énervait lorsqu'elle les voyait bâiller aux corneilles avec l'air de s'ennuyer ! « Va donc chercher la corde à virer le vent chez le voisin, intimait-elle, ça te passera le temps… » Ben oui, ça dit bien ce que ça veut dire !

Ils comprenaient tout de suite qu'ils avaient autre chose à faire qu'à se traîner là et filaient comme des flèches pour échapper aux reproches. Ils ne lui gardaient rancune de rien, à cause de

1. *Orties.*

cette façon tendre qu'elle avait d'ouvrir sa boîte de petits gâteaux à la crème fraîche confectionnés pour eux, et toujours pleine. À cause aussi de ses bons conseils et leçons dispensés avec modération et justesse. Elle n'était riche pour eux que de ces maigres ressources. Des apports quotidiens modestes et mesurés qui à la longue vous forgent un homme.

« Ses enfants » à demeure partaient chaque matin à l'école, béret sur la tête, les poches de la grande blouse noire bondées de sucreries, et la marche adoucie par les peaux de lapin dont elle tapissait avec tendresse leurs sabots de bois. Elle était là, pour eux, à temps complet.

Ils partaient à travers champs dans l'étroit chemin bordé de haies pour rejoindre la route qui mène à l'école.

III

L'encyclopédie de contes vécus

PARCE QU'ELLE EST REVÊCHE, d'aucuns détestent la Yute. D'autres l'adorent. Pourquoi entretient-elle avec une telle application sa réputation de « vieux chameau », elle seule pourrait le dire. À quoi bon le lui demander, c'est une de ses coquetteries, elle vous répondra : « Moi ? J'entretiens rien du tout ! » Ravie d'intriguer avec ses petits amusements pervers, et la canaillerie qui lui est propre. Ce qui fait qu'elle surprend quand on se frotte intimement à elle, car on s'y lisse ; et si l'on décortique, ça ne sonne pas le creux en dessous. Il faut la connaître, dit-on d'elle.

Elle est gavée de dictons, de connaissances qu'elle charrie et dont elle asperge son auditoire. Elle les avance à tout propos. Sa tête en est meublée. Elle picore à droite, à gauche. Dans le moindre article, dans les vieux livres de récupération. Ils s'accumulent sur une pauvre étagère en bois, fichée au mur au-dessus d'un volumineux poste de TSF démodé, le seul à relier au dehors ce territoire clos du hameau. « Dame ! je l'abandonnerais pour rien au monde. » Elle s'en approche à sa façon bien à elle, presque enfantine. Doucement. En s'installant précautionneusement sur la chaise proche, et dans la sourde complicité qui vous lie à un intime. Elle se trompe régulièrement dans les boutons, dans les stations. Elle cafouille pour en revenir à ses préférées. « *Inter* pour ma culture, *Luxembourg* pour la bagatelle. » Ce qu'elle appelle la bagatelle, les chansonnettes tendres qui la troublent, mine de rien.

Son humour, son originalité, malgré les moqueries qui s'échappent du fredon permanent d'une quasi-insolence ne manquent pas d'attirer. Ou de pousser à de brûlantes critiques. Mais qui ose la plaindre ?… Les imbéciles limités par leurs bornes. Ceux qui le sont moins, pas suffisamment subtils néanmoins pour apprécier la verve à sa juste valeur. Ou encore, ceux qui ont « l'intelligence de leur médiocrité », un vague aperçu de leur infériorité. Très vague. « … Ah cette Yute ! » L'expression et le ton sont suffisants, qui rangent l'intéressée parmi les êtres au sujet desquels il vaut mieux se taire ; silences qui en disent long comme bien des silences. Une de ces évaporées… Et l'on sourit suavement. On fait partie intégrante du troupeau sage et bien d'aplomb. On jette sur ses frères un œil complice et assuré.

D'aucuns lui tiennent rigueur d'une certaine causticité. Ils se fâchent volontiers avec elle, ceux qui ne comprennent rien, du fond de leur pesant jargon. Ils n'insistent pas trop pour s'imposer à cette force mâle, seule à connaître une musique qu'elle semble jouer pour elle sans le désir inutile de faire comprendre la version pour la partager. Qu'importe ! Elle tire une jouissance perverse de visages inertes qui lui font face. Elle jubile. Ses yeux en pétillent d'aise tandis qu'elle met un point final à ses paroles malignes, par un court ricanement. Et de celui-ci, de l'œil-malice, glissent une à une toutes sortes d'expressions éloquentes en un temps record.

Ils sont généralement bien contents ma foi de l'écouter parler. La recherchent même et ne renâclent pas à s'installer avec elle sur le banc du jardinet ou bien sur l'une des chaises branlantes de l'intérieur. Elle allège, elle dilate avec ces histoires du pays qu'elle a emmagasinées, et les boutades dont elle s'enivre.

Des histoires remaniées à sa guise, la scélérate. Et dans ce patois imagé dont elle va bien finir par s'imaginer être la seule détentrice. Elle refuse d'y renoncer, le pimente à plaisir de ses formules à elle, très sûres d'elles-mêmes. Elle le ressuscite âprement comme une figure de temps glorieux jusqu'à provoquer parfois, agacement et récriminations. « J'vois ben qui me relèguent tous au rang des attardés et des antiquités, je suis pas complètement idiote ; c'est eux les imbéciles. »

La Yute cultive parmi ses fleurs le vocabulaire qui se meurt, pour embaumer son horizon. Les mots de son autrefois chassent les ombres en elle, distribuant les effluves bienfaisants qui montent de loin. Du fond de sa terre bien-aimée. Du cœur des Anciens.

Elle se partage cependant avec maestria entre les deux langages qui se doivent de coexister, le premier supplantant le moins important à ses yeux. La Yute a bien du mal à s'y résoudre au milieu de ses humbles habitudes, les deux pieds bien calés dans le passé, son antre sacré, elle, si méfiante à l'égard du présent.

Un bouillon d'énergie, une encyclopédie de contes vécus, c'est là la Yute. En cela réside son charme, car la disharmonie des gestes ne joue pas en sa faveur, pas plus que cette démarche raide et énergique de va-t-en-guerre. Elle emporte par le parlé sur un ondoiement poivré. Il arrive bien que ça sente le cassé en elle, mais dans ce milieu rude, on recolle vite les morceaux sans laisser à d'autres le temps de les ramasser. Elle est heureuse lorsque quelques rares de ses intimes, des gaillards originaux et cocasses s'élevant au-dessus de la mêlée lui rendent visite. Ils devisent à jets sonores autour d'un p'tit cassis de sa fabrication ou autour d'une p'tite gnole. En tout bien tout honneur. Et si la conversation se prolonge, d'autres encore arrivent et s'installent autour de la table ronde pour le festin de joies d'un rituel séculaire.

L'hiver, au bruit des pas qui approchent, elle se précipite vers la fenêtre, soulève le rideau : « Entrez don, entrez don ! » Ils la devinent, à travers les carreaux.

Comment faire autrement ?... des statuettes, des flacons, des boîtes... tout un arsenal encombre, empêchant l'ouverture. Il est tellement intégré au décor, qu'aucun des habitués ne saurait en définir le détail. De temps en temps, la Yute le chahute. Il faut bien nettoyer les vitres, déranger la poussière ! Alors, un à un, elle déplace les objets, les pose bien consciencieusement sur le couvercle du réchaud tout près. Petits trésors complètement inutiles et sans valeur qu'elle ne veut pas perdre ; de ceux qui ont bien pris leur place et qui ne détonneraient pas au fond d'une poubelle. Se moque-t-on de ces vieilleries ? « Ils sont sacrés, ils ont connu la révolution. » C'est ce qu'elle rétorque le plus sérieusement du monde aux visiteurs.

Elle est un peu triste quand les visiteurs repartent, un peu heureuse. Elle ne cherche pas à savoir. « Dame... Viens là, viens “ma Beauté”, je vois que t’as faim ; t’as donc toujours faim toi, tu vas me ruiner ; et t’as encore les poils tout mouillés. » Les paumes ouvertes ont à peine le temps de repousser la vague. Elle pense qu’avec un homme à la maison, ce serait plus gai... « Et puis non ! Un homme tout le temps, je supporterais pas... Un commis-voyageur, ou ben un compagnon comme mon père, c’est ça qui m’aurait fallu. »

Alors elle s’empare de Beauté, le caresse comme une poupée. Elle lui fait de doux reproches quand il lui mordille les doigts. C’est son petit à elle, auquel elle murmure des mots de maman. Il doit bien les comprendre. Lui seul les entend.

« Mon nom de Saint-Just part du Berry, dit-elle.

Un jour, je lisais les pronostics du tiercé sur le journal et il y avait ceux d’un Saint-Just. Alors le lendemain je vais voir ma cousine éloignée et j’y demande :

“C’est-i ton gars ? c’est-i l’Roger dont on a parlé ? – elle savait même pas qu’ils existaient ces pronostics. Parce qu’il y a un Saint-Just qui donne des pronostics.

— C’est sûrement pas le mien ; il s’occupe pas de ça.

— En tout cas, j’ai un souvenir cocasse de la naissance de ton gars. Je peux te dire précisément son âge ; je vais te dire pourquoi... Tu sais que j’ai été très malade ; j'ai même eu un pneumothorax et quand j'ai demandé la facture au docteur, sa femme qui s'était trompée m'avait facturé ton accouchement. Son mari lui a dit : *Mais la petite elle a pas accouché, qu'est-ce que tu mélanges là ?*

On est tous un peu cousins nous, les Saint-Just. Justement avec Alphonse que j'ai rencontré.

“Bonjour ma cousine.

— Bonjour mon cousin.

— Dites donc, j'ai fait des recherches sur la famille.

— Ah ! ça m'intéresse ça ! Qu'est-ce que vous avez trouvé ?

— J'ai été jusqu'à Bourges ; j'ai été dans les archives et savez-vous que j'ai remonté jusqu'à Henri IV ?

— Mince !

— Si ça vous intéresse, venez me voir je vous montrerai.”

Dame ! j'ai toujours rêvé de descendre du Saint-Just de la Révolution. Quand j'étais gosse, c'est ce que je faisais croire aux copines, ça les épatait. Et je brodais. Je disais que j'avais hérité d'archives mais que je pouvais pas leur montrer, elles étaient importantes, elles étaient même dans un coffre-fort. »

Dans la maison Saint-Just vivaient également « P'tit Jean » père de Germaine dit la Yute, la Thérèse sa mère et la sœur Jeanne, belle plante rieuse et douce emportée à trente-cinq ans par la maladie.

En Berry on précède toujours le prénom de l'article. On grime le nom pour qu'il fasse moins sérieux ; une manie douce qui sent l'affection, l'amitié. Elle dispense cet esprit de fine connivence et de solidarité existant entre les gens du hameau. On appelait Mme Bujou la Bujoune ; M. et Mme Leloup, le Loup et la Louve. La Juliette, la Germaine, la Renée, la Sarah et d'autres défilaient dans ce courant de complicités anciennes. Une myriade de noms qui ont meublé la mémoire de couleurs, d'émotions, de bonheurs, de deuils.

« Le Loup et la Louve ?... Des gens étranges, ne parlant à personne, fuyants, comme menacés en permanence. Ils vivaient en sauvages dans une sorte de grande cabane au fond d'un terrain plein d'arbres qui les cachaient. Il s'en trouvait jusqu'à leur portillon d'entrée étouffé par des branches dressées là en sentinelles.

Ils intriguaient le monde. On fantasmait autour. Ils étaient aussi mystérieux que les adeptes de sociétés secrètes. Leur comportement, leur vie étaient étranges ! Leurs visages aussi... Ils semblaient avoir atterri d'une autre planète avec leurs yeux très enfoncés, tout petits. On n'avait jamais vu des yeux aussi petits.

La Louve était toute rétrécie dans l'ampleur de ses robes... ! Ça lui donnait l'aspect d'une poupée de chiffon. Un grand châle noir ou une mantille lui couvrait le plus souvent la tête et le chignon tout rond, planté au sommet comme une tomate. Le Loup lui, avait la peau si transparente que l'on voyait battre le sang. Les yeux tellement clairs qu'ils paraissaient en verre. Tous deux faisaient presque peur. D'ailleurs, dès la nuit tombée, les gens du village évitaient de passer près de leur porte. Ils choisissaient l'autre côté de crainte d'un mauvais sort.

Quand ils sont morts l'un après l'autre, ça a pas fait plus de bruit que s'ils respiraient encore. »

IV

Ce siècle avait cinq ans

LES PARENTS DE LA YUTE avaient hérité d'un nourrisson, une petite fille, Juliette, la pièce rapportée que les parents biologiques leur avaient confiée.

Est-ce parce qu'elle avait tété le même sein que la Yute et sa sœur, que la petite Juliette étrangère fut lotie de certaines de leurs réactions, de leurs gestes, de leurs façons de faire ? Elles s'en amusèrent par la suite et les gens ignorants de la situation étaient trompés par les correspondances et considéraient les trois « sœurs » comme telles. Ce que démentait ingénument la Yute qui acceptait mal cette préférée du p'tit Jean qu'il jugeait si « telligente », et qu'il ménageait au plus haut point. Elle était douce, paraissait si fragile à côté de cette diablesse d'aînée qui lui tirait la langue dans le dos des parents. Elle l'aimait pourtant la petite Juliette et il ne fallait pas que les autres la chahutent, que ce soit à l'école ou ailleurs. Elle se trouvait chaque fois à ses côtés pour intervenir, quitte à jouer du poing et du pied.

« J'avais guère plus d'un an quand maman est allée la chercher chez ses parents. Elle était belle paraît-il ce jour-là ; elle avait mis le petit chapeau, la longue pelisse avec le col en astrakan, enfin en imitation, vous pensez ben !

L'autobus l'avait emmenée jusqu'à La Châtre et là, elle avait pris le train pour Paris. J'ai toujours dans le tiroir de l'armoire, il faudra que je le cherche, un collier d'ambre ; sans doute pas de l'ambre véritable, plutôt des perles de résine. On mettait ça aux bébés, une sorte de collier de chien qui, en se déplaçant, empêchait les plis du cou des nouveau-nés un peu grassouillets de marquer. Moi j'en ai jamais eu. Après, Juliette avait tiré sur le sien et l'avait cassé. Maman était ben assez embêtée mais les gens la rassuraient.

"Quiqu'vous voulez, grasse comme un avorton qu'elle est, elle a pas besoin de ça."

Quand elle l'a vue chez ses parents, maman pensait pas la ramener vivante ici. Elle se faisait un souci !... Pensez, elle pesait trois livres et demie. Quand on l'a mise dans ses bras, maman a dit :

"Mais qu'est-ce que je vais faire de ça, je vais pas la conduire jusque chez moi."

Elle ressemblait à un petit chat écorché. Elle était si maigre que les os lui mangeaient la peau. Il paraît qu'en arrivant à la maison, elle a tété, tété… elle était affamée… l'air de la campagne vous comprenez.

Maman l'a lavée, talquée, mise dans du linge ben doux. Elle a dormi vingt-quatre heures d'affilée, pauvre petite mignonne. Et ma mère très inquiète se penchait sans arrêt sur ce berceau. “Respire-t-elle ? L'est-elle pas morte ?” Vous voyez, elle a vécu. D'ailleurs, par la suite, Juliette a écrit un poème là-dessus. »

La Yute s'est dirigée vers l'armoire aux secrets, une armoire ancienne en bois plein, finement sculptée, celle de sa grand-mère. Elle a fait grincer la serrure pour l'ouvrir à deux battants. Le visage recueilli, lentement elle a fait glisser le tiroir qui prend le tiers de la largeur, et du dessous de l'étagère médiane, avec le même sérieux, a sorti la boîte en fer « biscuits Lu » pour la déposer sur la table.

Il se trouvait à l'intérieur quelques paquets de lettres ficelées et un carnet usé qu'elle a ouvert religieusement… « Vois Caroline, il est là. »

Elle a caressé la page jaunie telle une joue aimée, mêlant au langage tendre de la main celui d'une écriture élégante et nerveuse dans des lignes qu'elle connaissait par cœur.

Le visage se parait d'une lueur étrange. Les yeux étaient gagnés par une émotion presque joyeuse. C'est alors qu'elle déclama. D'une voix inhabituelle, et étrangement, avec l'accent et la sensibilité propres à ceux qui en ont l'habitude.

« Ce siècle avait cinq ans. Par un jour de janvier,
Jour bien sombre pour moi à Paris je suis née.
Comme l'ombre d'un nuage sur la terre gelée,
Ma vie fragile longtemps ne pouvait s'arrêter,
Je dois aux bons soins d'une mère dévouée,
J'avais alors un mois quand elle vint me chercher,
Condamnée par chacun, déjà mise au rebut,
D'avoir, Ô miracle, malgré tout survécu.
Nul ne saura jamais le courage certain,
Le travail accompli sans jamais s'être plaint
De cette femme si grande dans sa simplicité
Qui par ses tendres soins parvint à me sauver. »

La lecture terminée, elle a posé un bon moment un œil éteint sur la couverture ternie. Elle semblait mal respirer.

Elle a effleuré la relique sacrée comme pour un dépoussiérage avant de la positionner sur le matelas des lettres vouées à l'immortalité. Sans un regard pour la jeune femme émue, elle est sortie progressivement de sa confusion en prolongeant chacun de ses mouvements par des gestes feutrés. Puis, relevant brusquement la tête tel un procureur vers des jurés : « Elle était douée notre Juliette ; dame ! elle a fait du chemin. »

« Oui, elle a été aimée chez nous ben plus que chez elle. Le jour du certificat d'études, quand la Rose Abraham, une de nos voisines, est revenue chez elle – c'est là que mon père travaillait – il a demandé :

"Dis don Rose, tu viens du certificat ?

— Oui père Saint-Just.

— Tu connais ben ma fille, la Germaine ?

— Elle est reçue.

— Et ben tant mieux ; et la plus petite ? La Juliette…

— Oui aussi ; elles étaient ensemble."

Dame ! mon père était heureux le soir ! Il avait tellement peur que je sois reçue et pas cette petite ! Si elle avait été recalée, que je sois la seule reçue… il en aurait ben fait une maladie et il savait qu'on se serait battues comme des chiens. Et cette Juliette ensuite reçue au concours des PTT ! Dame ! ils étaient fiers mes parents. Ils croyaient ben avoir un phénomène à la maison.

Ça, ma mère l'a couvée au début ; elle la pesait sans arrêt et c'était pas bien commode avec la balance romaine, ces crochets, mais elle se trompait point. Elle la posait dans le panier, même quand elle a été plus âgée. C'était la pratique pour tous les gamins du coin.

“Papa tu veux nous peser ? on lui disait.

— Viens mon petit frère.”

Et ça montait à tour de rôle dans le panier de mon père. Lui en était plus heureux qu'un roi.

C'est sophistiqué à cette heure… faut un pèse-bébé, faut ci, faut ça. Si vous aviez vu faire une de mes cousines avec ses gamins… et je te pèse avant la tétée… et je te pèse après… Elle sortait son cahier. Ils devaient prendre tant de grammes ! S'ils les prenaient pas, c'était une vie ! Et comme ils les prenaient jamais, qu'ils avaient jamais faim… Imaginez ! Il y a pas tellement longtemps, elle me disait qu'elle avait dû m'énerver. Ça pour sûr !… Je comprenais bien que c'était une novice ; elle avait jamais vu faire ça de sa vie mais enfin… Et puis, tous ces traités de puériculture, ça vous fiche un bébé à plat.

La balance romaine, c'était bien assez suffisant. C'est le Jean Guillot qu'était spécialisé là-dedans dans le coin. Il en avait une grosse qui pesait jusqu'à deux cents kilos. Il pouvait même peser les grands mais il les mettait pas dans le panier. Il avait un ceinturon très large, de ces ceinturons de soldat, d'une longueur… Il l'attachait autour de la taille et il plaçait le crochet dans le ceinturon, et allez…

— Comme des veaux…

— Mais non Caroline, les veaux on les pesait à la bascule ; on peut pas les installer comme ça les veaux. Pour les cochons c'était plus compliqué, je crois qui fallait d'abord les mesurer de l'épaule à la cuisse ; on calculait en faisant des règles de trois. Voyez don, je sais plus, je vais dire des bêtises. Mais pour les gosses un peu grands, Jean agrippait la romaine à un support parce que c'est lourd, hein. Un support en bois, appuyé de chaque côté sur un autre support. Les vieux autrefois se servaient de mesures en étain. Ils pesaient pas ou très peu de chose, ils mesuraient. Pas question de système métrique ou autre.

C'est lui, le Jean Guillot – un jour où il était un peu gai du vin, vous voyez ce que je veux dire ? – qu'avait lancé à mon père :

“Dis donc p'tit Jean, tu veux te battre ?

— Non je veux pas me battre.

— Parce que si tu veux te battre, tu te battras tout seul, je me bats pas.”

C'était un plaisantin. Il emmenait partout avec lui son neveu quand il était petit pour lui faire amuser la galerie. Le gosse le lâchait pas ; il le tenait par le petit doigt. Il lui soufflait toutes les âneries qui pouvait trouver.

“Dis voir à la ta-Yute, pourquoi t'es venu avec moi, que t'as pas voulu rester à la maison ?

Le gosse avait peut-être bien cinq ans à l'époque.

“Eh ben moi je veux pas rester avec ces bon Dieu de fumelles.

— Alors viens, on y va, on va pas rester non plus avec celle-là de bon Dieu de fumelle.”

En l’occurrence, Caroline, j’étais aussi une “bon Dieu de fumelle”, tu vois.

Ce jour-là, c’était venu un vent qu’avait tout rafraîchi d’un coup comme une averse. Le gosse était gelé. Il avait jamais voulu mettre la trop grande veste du Jean qui insistait, plié en deux de rire devant l’air affolé du petit. Dame ! les gosses, ça prend honte pour des riens. Il devait bien plus craindre les moqueries des copains que l’autorité du Jean. »

Le choix de gouvernante d’enfants que la Yute assumait à Paris fut de courte durée. Tombée malade de tuberculose, « la maladie à la mode sans la nommer », elle dut revenir au village où elle se consacra à son vieux père et à ses neveux orphelins. Restée seule, elle fit par la suite office de surveillante dans un internat de jeunes filles. Elle les aimait, « ses filles ». Elle parle souvent d’elles. Elle se souvient de leurs noms, des défauts et qualités propres à chacune. « Et pourtant, moi qu’aimais pas ben les filles !… J’ai toujours préféré les gars. »

Mais lassée de se sentir sous la coupe de plus diplômés qu’elle « pas forcément plus malins », elle a alors renoncé à cet autre rôle pour celui de mère d’accueil pourrait-on dire, à défaut de famille. Elle s'est retrouvée chez elle, entourée d'enfants qui ont donné un goût nouveau à sa vie pour l'intérêt particulier et l'affection qu'elle se devait de leur consacrer. Ils vivaient heureux dans ce hameau d'une vingtaine de maisons au cœur de la nature tout comme dans un lit de plumes. Et sa petite maison était accueillante, qui tournait le dos au chemin passager pour réserver sa face secrète aux champs de trèfle et de luzerne de l'autre côté. Elle offre l'aspect bonhomme d'une demeure toute simple.

Elle n'est pas très haute, étirée sous ses tuiles roses. Une vigne en espalier verdit la façade à droite tel un jabot de robe. C'est du côté des bâtiments, autour de la bouche du grenier d'où l'on découvre l'horizon des champs. La lumière, pudique, n'y pénètre que de quelques pas, abandonnant le fond à une obscurité totale. On y accède par une échelle. Directement au-dessous, le cellier. Du haut de ses trois marches en pierre, vous prennent au nez les relents de petit vin gris du pays échappés des tonneaux, et celui des fromages de vache ou de chèvre qui sèchent sur la paille du garde-manger grillagé. À gauche, l'écurie, désaffectée, qui fut longtemps le refuge de Bibi l'âne.

Il était bien inoffensif. Il considérait les gamins de son œil timide. On avait chaud contre son museau, c'était chaud dans ses poils. On aimait caresser le tissu sans un pli du pelage. On lui parlait ; il écoutait les confidences les jours de représailles où l'enfant puni était enfermé avec Bibi. Une heure environ ; puis la sanction était levée. Si sanction il y avait, la parenthèse constituant plutôt un rendez-vous récréatif aux yeux du détenu qui était ensuite lâché dans la nature pour rejoindre sa bande de galopins excités par leurs dernières trouvailles, trésors de billes ou de bonbons fauchés ici et là.

La grange se trouve tout près, avec son odeur de foin sec et de paille. Un de ces lieux de mystère qui intriguent et font rêver.

Comme l'espace, aux yeux des enfants grandis, s'est réduit ! C'est la caverne d'Ali Baba avec outils, vieux meubles, jouets et toutes les bricoles accumulées au fil des siècles pour un grand sommeil. Un bric-à-brac devenu inutile de ces choses intemporelles qui peuvent bien « encore servir ». Elles ont été accumulées là, ça allait de soi, on ne jetait pas, on ne gâchait pas. Non ; pas de ces outrages ! Tendance qui faisait partie aussi d'un souci louable d'économie. Les jours à venir ne sont jamais sûrs… Un éventuel retour de situation, une débâcle quelconque et ces oubliés des lieux retrouveraient, qui sait, leur rôle et leur prix ?

Pas de gaspillage, c'était la devise. Dans une sorte de respect de la chose, de l'objet. Du travail qu'il avait nécessité... Et pour l'amour des Anciens à qui elle avait appartenu et que l'on répugne à enterrer plus profond. Une devise qui se manifestait pour tout ; la nourriture, l'habit, le savon de toilette et même l'eau du puits. L'eau de la ville, longtemps après, n'était apparue qu'à un robinet de la petite cuisine.

« Je suis jamais allée chez le coiffeur, confie la Yute. Je coupais mes cheveux moi-même mais je devais m'y prendre à plusieurs fois, il y avait toujours une mèche qui voulait dépasser le tout. Et les ongles... Quand je pense que la petite-fille de mon amie la Georgette, elle a la tailleuse des ongles pour les mains, avec ces couleurs qu'elle lui passe dessus – dame ! quelle invention encore ! – et la tailleuse spéciale pour les pieds. Comédie, comédie ! C'est bien compliqué tout ça. C'est à peine si on avait des limes. Il faut reconnaître que les femmes sont plus gâtées maintenant, c'est pas toujours un mal. La Georgette elle, la pauvre, elle avait ni les moyens ni le temps pour toutes ces complications ; oui, il y a du progrès dans un sens et c'est tant mieux ma foi. »

Caroline a affronté les toiles d'araignée de la grange avec émotion. Là, le berceau fabriqué par un neveu – un cageot sur quatre roues – et habillé par la ta-Yute d'une toile rose à fleurs ; une poupée, un ours, une trottinette... Objets que rien ne peut faire taire. Jouets fidèles de tous ceux qui sont passés là. Antichambre de leur vie à venir.

Le collier de Bibi est demeuré en souvenir du maître. Il n'a jamais servi pour d'autres ânes. Tout près, une faux, des râteaux, un sarcloir suspendus au-dessus du pressoir et de la vieille charrue. Et en filigrane, des images, ces chants qui fusaient aux heures des vendanges et des moissons, tous les échos d'une intimité partagée. Avec ses rituels.

Ils partaient au petit matin, à moitié endormis, mais la fraîcheur de l'heure se coulait partout, les faisant revenir à eux. D'autant plus que mal assis et brinquebalant sur les charrettes à âne soutenues par deux hautes roues, leurs jambes à la *penderolle*[1], ils devaient prévenir les secousses en s'accrochant plus fort au bord du plancher. C'est à cause des ridelles qui accaparaient les côtés, que les vendangeurs s'asseyaient à l'arrière de la charrette. Puis le soleil amorçait sa montée. L'air devenait doux sur la peau.

Suivaient les chariots avec les cuves et le fouloir qui contribuaient à la première opération sur le terrain avant l'intervention du pressoir d'où ressortait le jus de raisin prêt pour la fermentation.

---

1. Pendantes.

Ils partaient. C'était le bonheur. Un temps en couleurs avec celles des bonnes tartes rangées dans des paniers d'osier à côté des galettes et fromages blancs. Les immenses paniers recouverts d'un torchon se trouvaient ensuite joyeusement mis à sac au cours du pique-nique.

Les maisons apparaissaient côte à côte, assises au bord du chemin, tranquilles et claires sous leur toiture rose. Du matin au soir les volets hostiles demeuraient fermés aux mouches et à la lumière trop crue des derniers jours chauds de septembre qui vous dévore les meubles et ne ménage pas la fraîcheur terrée entre des murs épais.

Les chemins semblaient interminables aux jeunes enfants, tandis que les paniers projetaient les saveurs du repas sur l'herbe à l'ombre de quelque arbre émergeant d'une haie, après les jeux dans les rangs de vigne. On leur criait : « Tiens ben la ridelle, tiens ben la ridelle », car eux se calaient comme ils le pouvaient au milieu de la charrette, derrière les adultes. Ils chantaient à tue-tête. Et les jeux ensuite alternaient avec les travaux, en toute liberté. Des jours durant, une communauté de jeunes et de moins jeunes, tous du village, s'activait le dos courbé, sécateur en main, pour remplir la hotte au dos de ceux qui régulièrement passaient parmi les vendangeurs… « T'as t'y pas mal au dos à force de trimballer cet engin ? Je vas te remplacer un peu… » Et la hotte passait d'un dos à l'autre.

Des « âneries » s'échangeaient entre les employés. Des bouffées de tendresse et de désir se mêlaient aux polissonneries balancées d'un rang à l'autre entre les jeunes gens. Les filles transpiraient, à demi nues sous leur blouse ; et les gars, le torse moulé dans le maillot de coton, exhibaient leur force neuve dans des muscles arrogants sous la belle peau brunie. À l'heure de la sieste, quelque couple s'échappait au-delà des vignes, pour l'asile de verdure propice aux confidences et aux caresses. Embrassements furtifs dans une soûlerie légère et la lumière d'un soleil persistant troublé par la voix du vent qui les taquinait dans l'herbe.

Les anciens faisaient quelques pas pour se dégourdir les jambes, quelques rotations de la tête, puis s'allongeaient sur l'ombre qui s'appuyait au sol. Pour rêver. Ou pour penser jusqu'au fond d'eux.

Ils étaient heureux. Ils étaient faits pour ça, pour cette vie au grand air dans la communion avec la terre, avec tout ce que le bon Dieu leur offrait gracieusement, quoi !

Caroline et les autres profitaient ensuite du reste des vacances, pour aller grappiller quelques restes dans les rangs désertés. Les belles pêches blanches tombées faisaient leur régal, mais les poches remplies, toutes tachées du jus, devenaient prétextes à des reproches violents.

La Yute partage ainsi les anecdotes savoureuses dont elle gratifie l'auditoire, l'œil penché sur les pages de l'album avec ses personnages d'autrefois. Une part de douceur dans sa vie où elle met sel et magie. Des détails bien précis, certaines allusions donnent la dimension des affections d'un long parcours. Son émotion est évidente, elle affleure à peine.

Et la raconter, c'est la trahir en quelque sorte, sans le jus des intonations charmeuses et des mimiques.

Les poules traînent dans l'herbe, à ciel ouvert, en contact direct avec les vers de terre et les grains de blé répandus dans la cour. « Crousse crousse » chante affectueusement la Yute en jetant par poignées la nourriture entassée au creux de son tablier dont elle noue les pointes pour la circonstance. Elles essaiment jusque dans le chemin et reviennent d'elles-mêmes. La ta-Yute n'est pas seule au monde dans ce monde-là. Elle y évolue avec une joyeuseté à faire crever d'envie.

Dans la portion correspondant au jardinet, la façade de la maison n'est coupée que par trois ouvertures ; une porte, la fenêtre de la chambre et celle de la cuisine. Façade toute guillerette à l'époque des glycines qui coulent leur tendresse mauve dans les vents qui les goûtent. Le coin est calme, sans la promiscuité de voisins. Seule la demeure de la Pajote est proche, mais cachée par des arbres et une haie, si bien que pour retrouver la petite femme rondelette dont le double menton semble chercher à rejoindre gracieusement le ventre replet, il suffit à la Yute de traverser son jardin de quelques foulées. Toutes deux papotent dans la détente, séparées par un grillage vierge de toute liane. Lorsque les jambes trop fatiguées risquent de faire s'enrouer les langues, l'une ouvre le *bariot*[1] à l'autre pour l'inviter à poursuivre chez elle, calée sur quelque siège. La petite barrière de bois sommairement bricolée et laissée ouverte attend bien sagement l'instant où on lui fera suivre le tracé inverse. Et c'est toujours à peu près la même finale entre nos deux commères.

« Eh ben Pajote, je vas désherber maintenant ; on a ben causé.

— Moi je vas donner à manger aux cochons. »

Un vieux couple à elles deux, chacune s'intéressant avec affection aux emplois du temps de l'autre, lui signalant chacune de ses absences, le moindre déplacement. « Prions le bon Dieu, répète la Pajote, pour que je parte avant la Yute. Comment vous voulez que je demeure après ? J'aurai plus qu'à me laisser mourir. »

1. *Portillon.*

À n'importe quelle heure du jour, la Yute l'entend arriver à pas pesants, de sa démarche ralentie par les rhumatismes… « Ah Yute, je me suis dit que d'un coup de galop, j'allais dire bonjour à la voisine… J'ai de l'avance ce matin et je viens de mettre mes poireaux sur le feu. » Et la Yute de prendre discrètement à témoin du coude ou de l'œil, qui se trouve là, pour le « coup de galop » de la pauvre Pajote avec sa bonne bouille d'un portrait flamand.

« Dame, moi, j'ai mon lapin au vin blanc qui mijote ; avec quelques rates ça sera bien bon. Nous on néglige pas la nourriture. Maintenant, c'est du tout fait ou du vite fait, quelle époque ! »

V

La Virginie

« TU AS FAILLI me manquer, Caro ; à un quart d'heure près, tu trouvais la porte fermée. Je rentre tout juste des vignes. La semaine dernière, je finissais de tailler les sarments quand il est arrivé un de ces orages… Ça a même grêlé ce jour-là. J'ai pas eu le temps de rassérer le bois, je suis partie en courant, j'avais même pas de parapluie.

Ça a bien séché avec le vent. J'ai pu faire brûler toutes les chutes aujourd'hui. La semaine prochaine, faudra que je *junche* et que j'attache les branches folles. Dame ! c'est une bonne idée d'être venue voir la vieille Yute parce qu'il y a plus grand monde au village. Ça se vide, c'est ben triste. Voilà la Virginie qui vient de partir à son tour, je suis bientôt la survivante d'un cataclysme… »

Tous se souviennent d'elle, de sa silhouette réduite. Sous le petit chapeau noir assorti à la robe, le visage émacié jouait à cache-cache dans la grisaille de mèches indisciplinées. Il trahissait une certaine absence mêlée de naïveté. Un peu simplette, elle s'étonnait de rien et de tout. Les gens la taquinaient en lui racontant des bobards qu'elle gobait. Elle avait « ben un peu l'*guerlet*[1] ».

On la voyait passer chaque jour à la même heure, en compagnie de sa chèvre, de la chienne Lisette et de sa bourrique... « Ta bourrique Lisette, ta bourrique », intimait-elle à la chienne si l'animal s'éloignait. Le débit de la Virginie se faisait de plus en plus rapide à mesure qu'elle s'énervait sur la bête, et l'injonction en était réduite à « ta boui, ta boui ! »

« Ta boui, ta boui ! » répétaient les gamins excités qui suivaient la Virginie. « Ta boui, ta boui ! » dans un besoin de provoquer, et forts de leur toute-puissance. Alors elle levait son bâton, les vouant aux gémonies. Eux recommençaient de plus belle, plus cruels que des animaux sauvages. Elle prenait Lisette à témoin, laquelle, très maîtresse de son rôle, mettait ses aboiements au diapason avec ceux de Virginie pour chasser les intrus. Des graviers volaient autour d'elle et sur Lisette jusqu'à ce qu'un voisin compatissant

1. *Un peu fofolle.*

intervienne. Alors venait la fuite sous la pluie des reproches et des insultes. « Petits salauds, vous n'avez pas honte ? » Ils se sauvaient à pas de voleurs. Ils n'avaient pas honte ; ils n'étaient que des enfants.

La Virginie poursuivait son chemin. Sa tête, dans la colère, remuait comme un hochet. Seul le bâton tenu tout droit tel un cierge demeurait immobile dans la tempête.

Au récit des exploits, la Yute jubilait, n'en laissant rien paraître.

À la façon d'une enfant, la Virginie s'exclamait « gué gué é é, c'est don ça ? Ha ben je savais pas ! » lorsqu'elle était étonnée. Et pour des « gué é é », n'importe qui lui racontait n'importe quoi.

Il lui arrivait toujours des aventures, telle celle de sa soupe au tapioca, quand elle avait mis le lait à bouillir… « Ça faisait nuit, raconte la Yute ; et pour *étauger*[1] la lumière, elle avait pas allumé. Elle avait pris une boîte sur l'étagère au-dessus d'elle, avait versé une cuillerée de son contenu dans la casserole et avait mélangé le tout à l'aide d'une cuiller en bois. "Ça l'épaississait pas, ça l'épaississait pas, gué par exemple c'était drôle ça", qu'elle disait. Enfin elle avait allumé et elle s'était trouvée face à un jus tout vert. Elle avait alors compris son erreur. En fait de tapioca,

1. *Économiser.*

elle avait versé de la graine de luzerne dans la casserole.

Dame ! elle a rien jeté, elle voulait pas gâcher le lait. Elle a passé l'ensemble dans une fine passoire ; elle a alors replacé le lait sur le feu et a versé son tapioca…

Et ses réflexions le jour où qu'elle avait surpris son frère une cage à la main avec un geai dedans… Ce geai voulait tout le temps s'échapper, si bien qu'il en était tout déplumé. La Virginie était tombée en extase devant l'oiseau.

“Gué… hé ben t'as un drôle d'oisiau, pour un drôle d'oisiau c'est un drôle d'oisiau.

— Qu'est-ce que tu trouves de drôle à mon oisiau ? Qu'est-ce qu'il a de rare ?

— Écoute… il a pas de plumes c'est quand même un drôle d'oisiau.

— Oh tu t'étonnes de tout toi !

— Quelle race que c'est ?

— Tu vois pas que c'est un oisiau d'Afrique ?

— Un oisiau d'Afrique ? Pourquoi l'ont pas de plumes là-bas ?

— Ils en ont pas besoin mon imbécile ; ça y fait tellement chaud.”

Dame ! elle avait pas inventé le fil à couper le beurre et elle était vraiment méchante. Elle m'a bien fait mal. “T'étais si jolie étant petite, Yute ! Dame ! pour être jolie t'étais jolie. T'es si laide maintenant. Ça… T'étais jolie mais tu l'es plus…

— !! »

« Déjà cette heure-là, ça fait deux heures qu'on cause ! Faut que je tue le poulet, j'ai promis de préparer un bon poulet aux oignons et au vin pour les Parisiens qui arrivent demain au pays ; ça les change de leurs poulets chimiques, tout blancs, qu'ont les os qui flanchent, à peine cuits. Ça se décolle tout de suite aux articulations. Dame ! j'en mangerais pas pour tout l'or du monde. Ne te sauve pas, j'aurai vite fait et n'aie pas peur je lui ferai pas de mal. Attends, je vais mettre mon tablier de circonstance… Voilà… Ça y est je suis prête… »

La Yute s'est emparé d'une poignée de grains de blé extirpés d'un tonneau, afin d'attirer les poules. Dans le lot, elle a choisi le volatile le plus gras, d'une main l'a retenu par les pattes, et du tranchant de l'autre l'a assommé avec une énergie et une adresse telles que la bête n'a pas dû souffrir. La tête est retombée. Avec la même précision et lame en avant, la Yute très à l'aise a tranché le cou pour recueillir le sang dans un pot. « Verse un peu de vinaigre dedans pour qui coagule pas ! J'en ferai une sanguette avec du beurre et des oignons. Cuit à la poêle, c'est bien bon. Ce que tous mes gamins l'ont aimée, cette sanguette ! »

Elle s'est ensuite installée au milieu de la cour sur une vieille chaise reléguée dans l'écurie. Elle a écarté les genoux et, la victime casée au creux de son épais tablier, elle en a arraché les plumes par petits paquets, les dernières une par une. L'opération terminée, elle l'a levée à deux mains à hauteur de son visage pour contempler le résultat puis, satisfaite, l'a confiée à un plat creux et a remisé le tout dans la cave. « Demain j'aurai plus qu'à la faire cuire… »

« Bon, je vais continuer à te donner des nouvelles du quartier, Caroline… Voilà la Sophie qui a des ennuis. Elle est effondrée, anéantie. Sa fille se drogue et quand la mère essaie de la combattre, elle trouve rien d'autre pour sa défense que de répondre que tout le monde se drogue. Elle-même avec son café, le père avec le tabac et même la grand-mère avec son chapelet. Et Baudelaire et des célébrités qui fonctionnaient à la coke.

Ha ça par exemple, j'ai dit à la Sophie, *bientôt on va nous sortir qu'il faut se mettre à la coke pour engendrer des génies.*

Le médecin a voulu la consoler. “Une petite dose de temps en temps il y a pas de quoi fouetter un chat…” Non mais tout ce monde-là ferait mieux d'apprendre à tricoter ou à faire des meubles. On voit le progrès… l'évolution si on veut, ça fait mieux… à quoi ça mène. On le dit bien que *toute l'intelligence du monde est impuissante contre une idiotie à la mode.* Reconnaissons que la coke a toujours circulé. On en parlait moins bien sûr. Mais dans nos campagnes, on connaissait pas ça. Et tous ces cancers, toutes ces maladies dont on nous rebat les oreilles, d'où ça vient ? L'homme préhistorique, lui, avait pas ça ; et pas de caries, pas d'obésité. De la viande fraîche, des fruits, des racines pour nourriture et pas de frigo. Voyez ; mon fromage blanc, je le conserve à la cave ; mon vin reste au frais dans le seau qui trempe dans le puits. Et ça a dégénéré avec l'agriculture, avec les céréales. Ça a fait que croître et empirer. Y a aussi tous ces cosmétiques, ces trucs qu'on se met et qui traversent la peau, qui vont jusqu'au sang. Qu'est-ce que ça peut donner dans l'organisme ? Tu peux ben rire va, Caroline ! Tu ferais ben mieux de rester naturelle toi aussi. Tout comme moi. »

Et la Yute de tourner la tête pour sonder le lointain de ses petits yeux agacés ; ainsi fait-elle chaque fois qu'on la titille.

Elle a repris son tricot, la pelote de laine qui se déroule du panier calé sur ses genoux pour de grosses chaussettes à l'intention d'une amie. Son tricot préféré, très motivant au dire de la Yute avec ses quatre aiguilles et le passage éclair de la cinquième, de l'une à l'autre. « C'est ben plus sympathique que ces deux aiguilles qu'on emploie pour des tricots à n'en plus finir. Au moins là, on voit tout de suite le travail avancer ! »

La laine enroulée sur le majeur et qui glisse à une vitesse vertigineuse ne laisse pas même le temps au spectateur de comprendre le secret du prodige. Un tuyau laineux prend forme peu à peu dans le sec cliquetis des aiguilles, qui enserrera une cheville, puis le talon, puis le pied tout entier sans qu'aucune couture ne soit nécessaire…

« Comment fais-tu la Yute ? Explique-moi, je ne comprends rien à tes jeux d'aiguille et de la laine, tu vas trop vite, beaucoup trop vite…

— C'est pas compliqué du tout Caroline, mais vous les jeunes vous n'avez plus la patience pour tout ça ; vous aimez ben mieux les nouveautés des Prisunic. Ça vaut rien ça, et c'est vite à la poubelle. »

VI

Dis-moi, Yute

« DIS-MOI YUTE. Et Benoît, ton protégé ?

— Je sais plus si je t'avais raconté ? Le docteur psychiatre de l'établissement où il se trouve avait demandé à me rencontrer pour parler de lui, il était intéressé par son cas. Il était venu avec la psychologue. J'avais pour eux une tarte aux cerises, des petits gâteaux que j'ai servis avec du vin gris. Alors le psychiatre m'a questionnée à son sujet mais je lui ai bien dit : “Je l'ai eu qu'à douze ans, je peux pas vous apprendre grand-chose. Il était déjà pas bien gras, pensez ! à manger sans doute des queues d'harengs chez lui.” Il était pas dans l'état où il est maintenant parce que le mal a grandi avec lui. Il était pas un enfant comme les autres ; il jouait pas, il regardait ma vieille pendule. Un peu godiche. Au fait, j'espère que Charlotte l'a toujours, ma vieille pendule ; qu'elle l'a pas donnée ou vendue, j'en serais vexée ! Elle a cent ans, elle date du temps de ma grand-mère. Et dis-lui ben qu'il faut qu'elle la remonte patiemment en laissant sonner chaque demi-heure, chaque heure au passage, c'est ce qu'on a toujours fait, sinon elle va se détraquer. Bon passons !...

Benoît était assis au bout de la table pour les repas, moi j'étais là. Eh bien il était des quarts d'heure entiers à contempler ma pendule. Je lui disais : “Ça t'impressionne donc ? Pourquoi que tu regardes ça ?” En fait il regardait rien, il était dans le vague. Et puis il partait avec les autres ; il avait sa sœur qu'était joueuse évidemment et je lui disais : “Emmène ton frère avec toi.” Mais Benoît jouait pas.

Chez moi il a pas été malade mais je l'ai jamais vu vraiment en forme ; tout le temps détraqué, avec des vomissements et des diarrhées. Je savais pus trop comment le nourrir. Je vivais pas avec ce petit, à surveiller en permanence son poids, ses selles, leur couleur, les vers, j'en sortais plus. Il fallait que je lui fasse faire par terre pour mieux voir. Un jour, Maryse, sa copine qu'était au courant, est arrivée toute excitée.

“Ta-Yute, ta-Yute, viens voir, viens vite. Benoît, il vomit des fesses.”

Tu parles, c'est de l'eau qu'il faisait.

Il était mignon de nature. À vingt-huit ans, il l'est encore. La psychologue aussi l'aime bien ;

elle s'en occupe bien. Elle est venue me consulter parce qu'il parle tellement de moi. Il lui a dit : "J'étais heureux avec la ta-Yute." Il est venu me voir au mois de janvier et il m'a demandé une petite photo où je suis prise avec lui, mes neveux à côté de nous. Je lui ai bien dit : "J'en ai qu'une, mais enfin, j'en ferai refaire si tu la veux." Je comprends ; je suis sa famille. Il paraît qu'il l'a encadrée et mise sur sa table de nuit. Il l'a montrée à la psychologue et lui a expliqué : "Ça, c'est ma ta-Yute, et ça, c'est ses neveux."

La Marie y a été dernièrement pour le voir ; c'est Aux Bruyères. Je sais pas ce qu'elle y a été faire avec ses enfants. Elle m'a raconté qu'elle lui avait parlé. "Si tu voyais dans quel état il est. Je l'avais pas rencontré depuis longtemps. Ce que je l'ai trouvé changé ! Il est creux ; il a les yeux noirs jusque-là et il m'a dit : *Je suis pas en bon état ; je vomis, je mange pas, j'ai mal à l'estomac.*"

Ils sont tellement drogués penses-tu. Tous ces médicaments… Quand il vient, il m'en amène de ces cochonneries d'affaires à prendre ! Des pilules de ci, des pastilles de ça, je me demande un peu ! Enfin… La Marie lui a donc demandé : "Tu veux pas un peu aller voir la ta-Yute ? — Non, qu'il lui a répondu, je voudrais y aller, mais je suis pas costaud, je peux pas ; la psychologue m'emmènerait, sans ça…"

On y a bien été l'an dernier avec mon neveu mais il nous a pas reconnus. C'est-à-dire qu'on l'a surpris sur le moment. Après oui, il a réalisé. La psychologue m'a dit ce jour-là :

“Je voulais tellement vous connaître, Benoît m'a tant parlé de vous. Dites donc, vous en faites de bons gâteaux ! Chaque fois qu'il revient de chez vous il m'en rapporte ! C'est pas étonnant qu'il soit aussi gourmand. Il paraît qu'il en mettait plein les poches quand il partait à l'école et que vous en avez toujours une pleine boîte.

— Toujours madame, toujours les mêmes.”

Pour son avant-dernière visite, elle m'avait prévenue et Benoît m'avait écrit : “On ira te voir ta-Yute, si ça t'embête pas ; on ira avec la psychologue mardi. Dis-nous si ça t'embête pas ; je te joins notre numéro de téléphone.”

J'ai reçu la lettre que le vendredi d'après. C'était trop tard. Je leur ai quand même fait une grande galette en vitesse, tout en bavardant, ils avaient le temps d'attendre.

— Donne-moi la recette exacte de cette galette, je ne suis pas fichue d'en faire une convenablement.

— Dame ! oui, si tu veux Caroline. Copie pendant qu'on y pense. Tiens, voilà du papier et un crayon ; c'est pas bien compliqué mais il faut prendre le temps.

Tu commences par prendre cinq cents grammes de farine, deux cent cinquante grammes de beurre mais attention... du fermier ! j'achète jamais du beurre en plaquette moi ; tes cochonneries ! Je fais une fontaine avec la farine ; je mets du sel, de l'eau et je commence à tourner avec la cuiller en bois. Quand ça a la consistance voulue, je la mets en boule et je pétris, je pétris. Et vu que je suis croyante, je fais la croix dessus et la laisse reposer. Ensuite je l'étale avec mon rouleau après avoir malaxé mon beurre et fait cuire les pommes de terre en robe des champs. Je mets le beurre par petites touches sur ma pâte à l'épaisseur d'une tarte et je plie en trois et je tourne. Je laisse reposer une demi-heure. Je recommence la même séance et j'écrase mes pommes de terre. Je vois à peu près le volume qui faut. C'est difficile à évaluer. Je fais à vue d'œil. J'écrase à la fourchette mon fromage, à peu près de la taille d'un Coulommiers. Je le mélange avec mes pommes de terre et je malaxe à pleines mains. J'étale ça sur la pâte et je replie une troisième fois et j'étale. Je pose le tout sur ma plaque qu'est graissée et je coupe tout ce qui dépasse. Je la dore aussi mais comme je suis toujours pour l'étauge, je gaspille pas un œuf. Je préfère dorer la pâte avec du café ou du lait. Bien sûr il faut saler et poivrer le mélange pommes de terre et fromage mais je goûte pas, j'aime pas le sel.

— Pas du tout de lait dedans ?

— Non, rien, ni crème ni rien. Peut-être bien un peu de crème si le fromage est trop sec mais ça dénature la galette.

Mon neveu dit toujours : “Dans les boulangeries elles sont mangeables toutes mais ça ne vaut pas les tiennes.” Je te dirai qu’ils ont une façon de faire le feuilleté avec leur beurre spécial et leur levure et tout le bazar ! T’as vu leur feuilleté comment qu’il est feuilleté ? Le mien l’est pas tant que ça. D’abord avec les pommes de terre c’est difficile. Elles l’abattent. Et tout ça c’est pur beurre.

Toujours est-il que j’ai fait cette fameuse galette quand Benoît est venu. Ils se sont régalés. Ils l’ont dit tout du moins… La psychologue est revenue par la suite avec un médecin de médecine générale. Il a exercé longtemps dans l’Est et il aime pas les gens de là-bas. Il m’a dit qu’ils sont pas très sympathiques. Il n’y a pas longtemps qu’il est en Berry mais il trouve le Berrichon beaucoup plus sympathique. Comme je lui ai dit…

“Voyez-vous docteur, il y avait ici un médecin qui n’en était pas originaire mais il s’y plaisait beaucoup. Du reste, il est enterré là. Remarquez que le Berrichon est un peu méfiant, sur ses gardes, mais quand vous êtes entré dans son estime, c’est pour toujours.”

Il a ajouté :

“Et ce parler berrichon… chantant…”

Il possède une sorte de lexique. C’est un type qui sort de l’ordinaire, qui s’intéresse beaucoup. Il veut s’intégrer à fond, comprendre les gens pour mieux les soigner. Ça me fait penser à Julien qu’avait épousé une Chinoise et qu’a tout appris des coutumes et de l’histoire de son pays ; comme j’avais admiré ça ! Mao, les soupes et le vermicelle. Le docteur reste longtemps quand il vient ici, il se fait expliquer plein de choses, les coutumes, les croyances. La dernière fois on a parlé des *mazés*. Dame ! il ouvrait les oreilles quand je lui ai parlé des *mazés*. C’est tout simplement des fourmis.

“C’est vrai ce que vous dites, mademoiselle Saint-Just. Tenez, regardez dans mon livre. Dans le Sud, les fourmis sont des *mazés*.

— Bien sûr ! Et puis si on vous parle en berrichon vous n’y comprendrez rien.” »

Et la Yute de se redresser, réfléchir… cou tendu tête de côté.

« Ça n’est pas un dialecte, c’est simplement une déformation du français. Docteur, je vais vous citer une phrase : *La crousse al était mussée à la bouchure sur un gnô*. Qu’est-ce que vous avez compris ?

— Rien du tout.

— Eh bien voilà… une *crousse*, c’est une poule couveuse parce que quand elle a ses petits elle fait tout le temps *crou-crou-crou*. Elle était *mussée*, elle était en train de pondre, donc elle était accroupie. On dit *mussé* ici... *musse-toi don*, accroupis-toi donc.”

Dame ! il était content ! Il a pris des notes. Il s’intéresse aussi beaucoup à la sorcellerie en Berry.

Mais il y a que moi qui parle, je dois ben commencer à te saouler. Dis-moi Caro, les nouvelles ? As-tu du nouveau à me raconter, t’es jamais ben loquace.

— Pas grand-chose si ce n’est que je viens de lire un article assez inquiétant... En quelques millions d’années, le chromosome Y chez l’homme se serait réduit de 90 % par rapport au X. Il se ratatine de plus en plus, ce qui veut dire que dans quelques siècles, le rôle de l’homme sera bien compromis... Ça arrive chez certains rongeurs de Sibérie, paraît-il.

— Qu’est-ce que tu racontes là ? C’est pas qu’il va nous tomber d’autres dégénérés qui vont ressembler à des rongeurs ?

— Il n’y aura plus de “géniteurs” si tu vois ce que je veux dire.

— Plus que du féminin alors ? Eh ben, jolie société ! »

La Yute s’est levée de sa chaise, comme mue par un ressort. Et sans prendre le temps d’en dire davantage, elle s'est emparée d'un torchon pour chasser les mouches qui sautent sur le miroir.

Ce qui fut un miroir est collé au mur entre porte et fenêtre. On se demande par quel miracle la colle résiste depuis aussi longtemps à son poids. Un miroir sans doute vieux d'un siècle, plein des traînées noires dues à l'usure du tain. Avec aussi les coins fendus dans tous les sens, et du scotch pour réparation. Le miroir de leur vie, le miroir-terroir et que de pauvres moyens ont imposé là en toute simplicité. Il a mis au secret plein de visages. Il n'est jamais bien net et quand on s'y mire, on est tenté de sortir le mouchoir pour le faire reluire au passage. Il se prête à tout, heureux du privilège d'être encore là à jeter sans relâche ses petites étoiles au fil des jours, et de connivence avec les fidèles auxquels il répond en silence.

La Yute n'a pu s'en séparer, tellement attachée à ce qui illustre son autrefois. Elle se relâche quand elle l'aborde et elle semble se confier à lui telle une petite fille penchée sur son carnet intime. Débarrassée de chapeau et lunettes, rendue nue et toute légère, elle continue chaque matin à lui confier le visage qu'elle débarbouille au savon et à grande eau, avant d'appliquer son éternelle crème méta-titane. De quelques tapotements mesurés, elle projette la poudre pour un teint qui lui fera honneur tout le jour sans la nécessité de la moindre retouche.

Cette poudre, c'est son parfum, c'est sa chaleur, une partie d'elle-même dans sa nudité, sorte de don de sa chair auquel les enfants avaient droit le soir en l'embrassant. Elle tendait la joue de côté en ayant l'air ailleurs. Elle ne faisait que tendre, mais les traits, les yeux furtivement attendris renvoyaient un énorme baiser, une tendresse silencieuse. Brave Yute ! S'en rendaient-ils compte, ceux qui aspiraient à des bras où s'enfermer, à une poitrine douce comme la plume où s'enfoncer… Tu demeurais sans geste. Comme eux tu n'osais pas. Dame, *aufigner*[1], c'était pas ton fort. Tu avais bien la main pour la pâte à tarte, mais tu négligeais le doigté dans la tendresse. Tu ris la Yute ; te voilà satisfaite ; ça t'amuse que l'on emprunte ton langage ! « Vous aurez beau faire *sôrdaires*[2], vous aurez jamais l'accent. » C'était bien vrai, la Yute.

« Mais avec le psychiatre, on a abordé d'autres sujets. On a plutôt parlé des enfants dégénérés et de ce que j'avais remarqué au sujet de Benoît le jour où je l'avais amené à une visite à Bourges. Ce jour-là j'avais rencontré le directeur de la maison

1. *Embrasser.*

2. *Mauvais esprit.*

de fous qui faisait une permanence, un garçon d'une cinquantaine d'années, beau garçon, un malabar très sympathique parce que comme je lui ai dit au psychiatre, vous l'êtes pas toujours. J'en ai consulté un autre pour Benoît mais qu'était désagréable… qu'était désagréable… Et pas bien fin avec ça… En définitive il a dit que c'était pas le gosse qui était cinglé, que c'était moi. Il me l'a pas dit à moi, ben sûr ; mais je l'avais compris et j'avais prévenu l'assistante sociale qui nous accompagnait.

"Vous allez voir, c'est pas le gosse qui va être déclaré loufoque c'est moi !

— Pensez-vous, mademoiselle !"

Dame ! je l'aimais pas celui-là avec ses yeux glauques qui marinaient sous une de ces broussailles ! Il avait les poils des sourcils qui partaient dans tous les sens ; et à droite et à gauche et en l'air et vers le bas… Ce que j'aurais aimé donner un coup de brosse là-dedans.

Après, l'assistante sociale en a convenu. "Vous étiez tombée dans le mille ; il pense que vous êtes cinglée."

Pour en revenir à ce dernier psychiatre, on a beaucoup discuté avec lui. En fin de compte il a conclu que pour ce petit, ça dépassait encore ce que je pensais ; c'est un illustre indécrottable. C'est vrai malheureusement et on n'y pourra rien. On rencontre rarement de ces cas mais il est irrécupérable… Quand même, ils sont pris au sérieux tous ces petits… ça fait plaisir.

Et quand le médecin allait partir, je lui ai bien dit : “Je sais que ça ne tient pas à vous, que vous n’y pouvez pas grand-chose, mais faites tout votre possible pour le laisser là où il est. Il s’y plaît beaucoup, il vous aime bien, il aime Mme Dupont, la psychologue. Vous êtes son univers, son Pérou. Je vous demande pas l’impossible mais si on l’envoyait loin, je pourrais plus aller le voir, il pourrait plus venir ici, il serait perdu cet enfant. Il paraît que quand il parle de moi, il en pleure… ma ta-Yute.”

La psychologue m’a dit : “Dame ! vous l’avez gâté !” Je l’ai gâté et tous ceux qui sont passés ici. Je suis pas flatteuse, j’ai la parole brève mais je suis très juste et j’ai jamais fait de différence.

Ils en voient de toutes les couleurs ces psychiatres. Je me demande comment ils deviennent pas un peu cinglés à force, avec ces cinglés-là ? Dame ! on finit souvent par hurler avec les loups.

Le psychiatre les trouve attachants ces enfants et c’est vrai qu’ils sont attachants, caressants et tout. Mme Boissy m’a parlé d’une petite de l’âge de Benoît, qui l’aime bien et qui la suit partout ; et elle parle sans arrêt. Avec ça elle parle que berrichon. L’autre est malheureuse, elle y comprend rien. Elle pourrait demander à Benoît de traduire parce qu'il a l'habitude, il nous a entendus là au village, pas tellement moi, parce que j'emploie surtout mes formules à moi, mais tous les autres. Elle est gentille cette femme, tout à fait bien. Elle m'a promis de revenir me voir. "C'est quand vous voudrez ; vous me dérangez pas. Au contraire !" Ben oui ! Pourquoi ça me dérangerait ? Elle a même emporté mon livre de sortilèges. Je le prête pas à n'importe qui. C'est pire que le Saint-Sacrement.

— À propos de sortilèges, Yute, les gens d'ici disent que tu as "le don".

— Mais quel don, Caroline ? J'ai pas de don moi... Oh je sais ! Tout ça c'est parce que quand le docteur est venu, j'étais en plein pansement, en train de panser un ami à moi avec qui je vais aux châtaignes et qu'avait l'estomac descendu. Mais faut pas me troubler dans ce cas ; c'est pas de la tarte ; parce que je lui fais le grand tralala des neuf jours. Je panse avant le soir et au lever. Ça me fait lever avant 3 heures du matin tout ça.

— Ah bon ?

— Ben oui ! À jeun en plus !

— Et tu les fais à distance ?

— Oui... pansement de secret.

— ?

— Pansement de secret. Pas besoin de voir le malade ; j'ai simplement besoin de connaître son nom, son prénom de baptême. J'avais fait pareil pour quelqu'un que j'avais pansé pour des nausées qui le tracassaient. Je lui avais rien dit. Le docteur m'a demandé avec quel saint je travaillais… “Pas précisément avec un saint. Pourquoi voulez-vous mettre des saints là-dedans ? J'en ai pas d'attitrés…” En fait il faut pas trahir, ça ; j'étais bien obligée de lui mentir.

Dans mes pansements, bien sûr j'en invoque. Lui m'en a cités que je connais pas. Moi j'ai les miens. Dire qu'à la fin, il a réussi à me les prendre, il a bien su me manipuler ! Je lui ai raconté aussi que j'arrête le sang, dans cette maladie… l'hémophilie. Je panse aussi les brûlures. Il a dit que c'était bon à savoir. Mais attention ! Je ne les guéris pas, entendons-nous bien. J'enlève le feu, c'est-à-dire que j'enlève la douleur seulement. Ma nièce vous racontera le jour où elle est venue. Elle s'était brûlée à l'eau bouillante ; ça lui faisait un mal de chien. Je l'ai pansée aussitôt et elle a plus souffert. “Vous me dites ça pour me faire plaisir ? je lui ai demandé.

— Mais non ta-Yute, je vous assure que dès le pansement je n'ai plus eu mal.” »

« “Écoutez madame, je vais vous raconter un fait qui m'est arrivé. Je ne raconte pas de bobards non plus”, m'a dit ce docteur… “Mon grand-père était boulanger.” Il est pas d'extraction noble et il se prend pas plus pour un bourgeois. “En ce temps-là il chauffait le four au bois et tous les jours il raclait la cendre chaude pieds nus. Je me suis brûlé la... – oh, comment ça s'appelle ? Je perds la mémoire – la plante des pieds. J'avais rien trouvé de mieux que d'aller me balancer là-dedans pieds nus." On a la peau sensible sous les pieds, c'est comme dans les mains ; le dessus est moins délicat. "Je pouvais plus marcher du tout avec des cloques et tout. J'étais obligé de rester au lit. Ma grand-mère affolée avait bien appelé tout de suite un médecin qui a fait ce qu'il a pu, mais rien n'y a fait, je ne marchais pas. Alors un jour où elle était au marché et que j'étais resté avec mon grand-père qui me portait du lit à la chaise et de la chaise au lit, une vieille voisine est arrivée.

"Il marche pas encore votre gars ?

— Hé bien non.

— Je vais vous le faire marcher moi ; je vas le panser."

Ce qu'elle a fait. Et quand ma grand-mère est revenue, j'étais dans la cour à trotter. Elle a crié au miracle. "Au-then-tique", il a dit.

Dans un hôpital aussi où j'avais fait un stage, se trouvait un grand brûlé qui souffrait le martyr. Des cris jour et nuit. On ne savait plus quoi faire. Alors un médecin a suggéré : "Dans le couvent pas loin, il y a une sœur qui a des remèdes miracles, on ne risque rien en l'appelant. Il faut bien soulager ce malade d'une façon ou d'une autre." Elle l'a pansé. Il n'a pas été guéri bien sûr mais il ne souffrait plus.

"Vous médecin, vous qu'avez fait des études approfondies, vous croyez à ça ?

— Justement, c'est parce que j'approfondis que j'y crois. Il y a des choses déconcertantes et mystérieuses et qu'aucun médecin ne peut nier."

Alors je lui ai avoué, vu qu'il était intelligent.

"Savez-vous docteur que je tire aussi le coup ? Ne vous méprenez pas sur la formule, elle est tout ce qu'il y a de correct ; ça veut dire *retirer le coup*, le mal en somme. Et puis je tire pas le cou de cette façon-là non plus."

J'ai dû appuyer ce dernier détail du geste, en étirant le cou... Il a ri gentiment ; il se prend vraiment pas au sérieux.

— Tu as eu le coup de foudre, la Yute ?

— Ton vieux tableau ! J'ai toujours dit que j'avais pas connu la foudre... Bref, je lui ai raconté mon aventure le jour où j'ai scié du bois. Comme me répète mon neveu : "Tu as la douce manie de le jeter en l'air quand tu as coupé, tu n'as pas assez de place en bas ?

— Dame, il me faudrait bien la Concorde."

Je lançais donc mon bois tout en chantant. Un moment donné, y en a qu'est mal retombé, qui m'a assiégée là, dessus ; il m'est tombé là. Il m'a littéralement assommée. D'habitude on en voit trente-six chandelles ; j'en ai vu soixante-douze. Holà mon Dieu ! et puis c'était chaud et puis je me disais… il y a au moins du sang… je vais me trouver mal ; où je vais aller ?… et puis je transpirais… je me disais que j'allais passer un peu d'eau de Cologne ou un peu d'eau-de-vie. “Mais tu trouveras pas l'eau de Cologne… tu trouveras pas l'eau-de-vie…” Je trouvais rien… J'ai alors pensé à me tirer le coup. Mais c'est tout un processus, il faut que je change de lunettes, que je prenne mon livre pour lire les formules… Ça a duré longtemps. Enfin je me suis assise et je me suis tiré le coup. Cinq minutes après, j'ai poussé un gros soupir, j'ai rouvert les yeux, j'avais plus mal.

Tu me demandes la formule, mais dame j'hésite à la dire ; ça tient bien un peu du secret de famille.

Enfin… Alors voilà, je fais un signe de croix et je dis : “Notre Dame ! qui frappe, s'il vous plaît, tirez-moi le coup” ou bien tirez-lui ; trois fois de suite. Je dis trois *Notre-Père* et trois *Je vous salue Marie*. Pour les brûlures c'est *Bon saint Laurent guérissez-moi* et pour les nerfs *Sainte Marie-Madeleine guérissez-moi* avec toujours le signe de croix. C'est la mère Bujou qui m'a appris tout ça ; je savais qu'elle pansait et je lui ai demandé.

J'ai pris les pansements de la Bujoune en 56 je crois et les ai marqués sur mon livre. Elle,

elle les tenait de sa mère, la mère Élisabeth qu'aurait bien maintenant au moins cent cinquante ans. Elle était plus vieille que mon père qui aurait cent dix-huit ans. Ça se transmet de bouche à oreille, d'une génération à l'autre. Il n'y a pas de cérémonial. Ça se transmet simplement à des plus jeunes ; si on donne à des plus vieux, on perd le don.

Ce jour-là, quand j'ai demandé les modes de pansements à la Bujoune, elle m'a dit : "Dame ! je suis bien contente." Il a fallu que je les écrive, ces formules magiques et ces prières, parce que j'aurais oublié.

Ces vieux de la vieille comme la mère Élisabeth qui savaient ni lire ni écrire, gardaient tout dans la tête. Ça s'imprimait bien. Ils avaient une mémoire formidable. Nous, on la fait pas travailler, on la perd. On se fie trop à nos écrits.

Mais dame j'ai jamais jeté le sort, j'avais pas le don et j'aurais pas voulu. Il y en avait de ces jeteurs de sort au Berry autrefois. Il y en a bien sans doute encore ; on les connaît pas. Dangereux ceux-là ; ils pensaient qu'à faire le mal. Ils faisaient crever les bêtes, ils les faisaient avorter, ils poussaient les gens au suicide… Et les sorciers !… Ceux-là utilisaient des poudres magiques à base de crapauds ou bien des poils de bêtes et avec des formules démoniaques. Ils chargeaient des poupées de leur pouvoir et ils les piquaient avec des aiguilles pour donner le mal aux corps. Ils apprenaient tout ça dans des écrits qui devaient bien remonter au Moyen Âge. On les craignait plus que la peste et dès que quelqu'un avait un ennui il s'adressait à l'exorciste, c'était une obsession. Mais entre nous, elles se vérifient souvent ces histoires. Mes parents ont bien perdu une chèvre un jour, ils ont jamais compris pourquoi.

Assez parlé. Faut que j'aille sulfater les vignes. J'y suis allée deux fois à cette heure. Après, je soufrerai un peu. Ça me fait penser que j'ai prêté mon soufflet au voisin. Il pourrait oublier de me le rendre et moi oublier que c'est lui qui l'a. Je vais pas tarder. »

« Quand j'étais toute jeune, à Paris, et que je servais dans les dîners sélects, je devais passer les plats. Il y en avait un du service en argent, long comme ça, large comme ça... J'ai cependant le bras long mais bof... il suivait pas... On peinait mes enfants !... Et pas moyen de poser le bras sur la table avec le plat pour que les gens se servent ! Tout ça à cause de ce protocole idiot. J'en avais attrapé une *forçure* de nerf au poignet, une sorte de kyste quoi... et c'est ça qui me faisait mal. Quand je suis revenue à la maison, le Bujoune m'a conseillé d'aller trouver sa mère qui pansait ce genre de truc. “Mais ma pauvre fille, tes nerfs sont tout *aboulés*[1], je sais pas si ça va marcher. Il y en aura pour trois jours et si ça ne va pas mieux je recommencerai à te panser."

Elle me faisait mettre une bande de toile ou de flanelle trempée dans du vin sucré très chaud avec du beurre autour du poignet. Ces kystes comme ils disent dans leur jargon médical, maintenant on les opère ; ou alors on les résorbe par des traitements homéopathiques. Quand il y a entorse et que c'est plus grave, la mixture est toujours la même, mais on remplace le beurre par du saindoux.

Mais ce qui a intéressé le médecin au plus haut degré, c'est la guérison de la catafouine de Roger. J'ai dit catafouine, c'est la syphilis, mais la syphilis ça fait honteux, alors je dis toujours la catafouine. Bref, ce que j'appelais en plaisantant la catafouine de Roger c'était pas ça du tout ; c'était un eczéma purulent… vilain, mais vilain ! Ça n'était pas amusant. Je menais la vie dure à mon neveu avec cette catafouine de Roger ; j'avais toujours peur qu'il l'attrape. "Et bois pas avec ton cousin et fais attention parce que ça se prend comme ça ; et si, et la." C'est curieux, il en avait des pieds à la ceinture… Nuit et jour il portait des caleçons longs qu'étaient tout le temps sanguinolents. C'était en 41, pendant la guerre.

1. *Noués.*

Il y avait que moi qui avais un poste de TSF là, dans le quartier où je prenais Londres, et Vacher venait pour écouter parce qu'il était dans la clandestinité. Tous deux on faisait des fausses cartes ensemble. Alors Roger venait lui aussi ; c'était pas gai chez lui avec ses vieux parents. Comme ça, il passait les soirées avec ses cousins, ça lui changeait les idées.

Un jour, il arrive. Il s'assied sur l'arche, cette sorte de caisse en noyer sur pieds qu'était là... C'est l'ancien pétrin où on faisait le pain à la maison. Ma mère, ma grand-mère le faisaient. Toutes les maisons avaient l'arche. Aujourd'hui c'est le frigidaire et la machine à laver. Bref...

Roger s'assied donc sur l'arche.

"Ta-Yute, je vais me tuer.

— Ah ?... Quelle mort tu choisis ? Veux-tu la mort par arme blanche, veux-tu par strangulation, qu'est-ce que tu veux ? J'ai le couteau qui te faut, tiens ; j'ai même un bout de ficelle. J'ai tout.

— Faut pas rire ; tu sais pas. Si tu voyais dans l'état que je suis. Du reste je vais te faire voir.

— Dame ! c'est vrai que t'es pas beau à regarder... mais réfléchis Roger avant de te tuer, tu as tes parents. Vois la peine que tu leur ferais."

Le docteur lui donnait un régime de chien. Il buvait que de l'eau pure. Il mangeait que des nouilles et de la purée à l'eau. Ni viande ni vin ni rien. Il était devenu étique. Et il pleurait. C'est quelque chose de voir pleurer un grand gars de vingt ans. “Fais pas d’âneries Roger. Veux-tu que ton cousin te raccompagne ce soir ? – Non, non je m’en irai ben tout seul, merci.”

Quand il a été parti, j’ai dit à mon neveu :

“C’est triste de voir ça. Tu vas me rire au nez mais il y a le Jules qui panse des dartres et les dartres, c’est cousin germain avec cet eczéma. Si on essayait de donner un peu d’espoir à Roger ?

— Tu crois que ça va y faire quelque chose avec sa formule et ses gestes ? J’*cupe*[1] trois fois sur mon pouce, etc. *Cupe* don le diable ! Avec ça il ira loin.”

Et Georges, sous le coup de l’excitation, s’était surpris à lâcher quelques billes de salive sur le carrelage de la cuisine.

“Oh, écoute…

— Fais donc ce que tu veux ta-Yute.”

Et le lendemain j’ai demandé à Roger s’il voulait se faire panser par le Jules, ça le soulagerait peut-être.

“Qu’est-ce tu veux que ça me fasse, ta-Yute ?

— Dame ! je te garantis rien, attention. Tout ce que je peux te garantir, c’est un peu d’espoir.

— Mais j’oserai pas y demander.

— Je lui demanderai demain matin et demain soir tu auras la réponse.”

---

1. *Crache.*

“Ma pauvre fille, m’a dit le Jules, s’il est dans l’état que tu me racontes, j’y pourrai rien, l’est trop *porri*[1].”

Il s’est calé sur sa chaise, il a fermé les yeux comme pour prendre son élan.

Le guérisseur a hésité un peu sur la décision à prendre.

“Essayez toujours.

— Alors envoie-le moi ce soir.”

Oh Caroline chasse donc cette mouche qui m’agace s’il te plaît.

“Ça fait que Roger s’est fait panser peut-être quinze jours, peut-être vingt je ne me rappelle plus. Le Jules pansait jambe après jambe, morceau par morceau et quand il arrivait au niveau de la taille, le pied était déjà guéri. Bref, il est venu complètement à bout de l’eczéma rebelle et un mois ou deux après, le Roger était comme toi et moi. Avec des jambes de danseuse. Je lui disais sans arrêt : “Maintenant, promène-toi en culottes courtes pour que les gens voient…” Ça a été spectaculaire. Ça l’a jamais repris. Il arrosait ça tous les soirs d’un verre de vin gris en compagnie de Jules.

— Au fait, pourquoi gris ?

---

1. *Pourri.*

— Ah ça… Caroline, y a plusieurs versions. Les uns disent que c'est un vin fait avec du pinot gris, raisin gris et sucré ; les autres, que c'est un vin tiré à la cuve sans être pressuré, fait avec du raisin rouge sans teinturier, un raisin coloré. Mon père disait *tiré à la goutte*. Le jus fermentait dans les tonneaux. Je pencherais plutôt pour cette version.

— Le terme correspondrait mieux avec la première version.

— Dame… »

« Regardez, j'ai mis des photos de côté pour vous les faire voir. C'est le mariage de mes parents vers 1900… et les carrioles des amis qu'avaient été réquisitionnées pour le cortège. Dame ! tout ça c'était astiqué et bien fleuri ! Même les chevaux attelés entre les brancards portaient des guirlandes ! Là c'est le vielleux avec son instrument. C'était romantique je trouve, ces tenues berrichonnes avec la blouse longue jusqu'aux genoux et l'écharpe de couleur… Voyez mon père à la queue du cortège dans la voiture, à côté de mes grands-parents maternels… Les gens étaient pas bien grands à cette époque. Ça a allongé depuis. Ils sont tous aussi longs que des jours sans pain, les jeunes. C'est quand même plus beau pour les gars… Si je vous disais que je préfère les femmes qui sont petites ? »

VII

Y a la pleine lune qui broyait la nuit

« J'AI PAS BIEN DORMI cette nuit. Y a la pleine lune qui broyait la nuit avec sa patte. Elle brillait comme l'or et j'avais pas fermé mon volet. Ça fait chaud aujourd'hui. On est gâtés cette année, l'hiver a pas été long. D'ailleurs c'était à prévoir. Ici on l'a su dès la Saint-Vincent. On dit chez nous : À la Saint-Vincent, l'hiver prend sa dent ou la perd… Tout à l'heure j'ai rencontré Mme du Chirouet.

— Qui est-ce, Yute ?

— Attends ; faut que j'y aille au chirouet ; je te raconterai. Mais dis don, tu sens le patchouli à plein nez. »

Dans le jardin, près des niches à lapins, la Yute a installé son salon particulier, les WC, son fameux « chirouet ». Pas de chasse d'eau, pas de siège grand standing, mais une simple caisse en bois au-dessus de la fosse d'aisance, un trou rond où vous asseoir. La porte se résume à un entrelacement de planches mal clouées et disjointes. Les interstices ont été obstrués à l'aide de pages jaunies par le temps et à peine lisibles : affiches publicitaires pour quelque chocolat ou quelque apéritif tel le quinquina, couvertures de journaux et de magazines, *Le Berry Républicain*, *Modes et travaux*, *Intimité*, *Nous Deux* et autres. Elle a dû rêver, la Yute, autour de ces histoires de cœur apparemment étrangères à sa vie mais elle ne racontait pas ses rêves et si l'on fait allusion à ces lectures, elle détourne discrètement la conversation, pudique et réservée sur le chapitre des sentiments amoureux. Elle s'est toujours défendu de l'amour semble-t-il. Sa vie était ailleurs.

Quand vous levez le nez, vous pouvez lire sur cette même porte, du cru la Yute… *C'est dans ce lieu respectable que l'on doit se tenir comme à table et laisser telle l'assiette, propre la lunette.*

C'est là le « chirouet ». On y accède après avoir traversé la cour et franchi la porte du jardin ; nuit ou jour, quels que soient temps et saison. Il a son odeur à lui ; un parfum particulier de Crésyl, mélangé à celui de lavande qu'exhale un énorme massif mauve à son coin, auxquels s'ajoutent ceux du laurier géant et des herbes avoisinantes. Les invités des lieux en gardent la fragrance dans les narines et jurent ne l'avoir trouvée nulle part ailleurs. C'est le parfum rose-Yute.

« Mais Yute, tu parlais de cette Mme du Chirouet...

— Figure-toi qu'on était chez Banco, on mangeait à la vigne quand j'ai eu envie de faire quelques pas pour me dégourdir les jambes. Je me suis retrouvée près d'un trou.

"Dites Banco, vous avez donc un trou là ?

— Oui ; c'est ma cave.

— Ah ben ! Vous dites que c'est la cave vous ! Je pensais que c'était le chirouet."

Le mot a beaucoup plu à une de ses amies parisiennes, elle l'a tant répété et mis à toutes les sauces que maintenant je l'appelle Mme du Chirouet. Si bien que quand elle repart dans son Nord, elle m'envoie des cartes de là-bas, signées du même nom.

Elle est venue un jour me voir avec sa fille qui avait camouflé un magnétophone. Moi j'avais pas vu l'engin, j'ai parlé sans méfiance. Je leur ai raconté comment je mardouillais, c'est-à-dire comment je vide et nettoie mes cabinets. Je fais ça moi-même, c'est ben aussi bien qu'une pompe. Il y a tout un processus et des rites à observer. D'abord je me mets en tenue, pensez ; au cas où ça giclerait... Aussi je mets des bottes, je mets une grande blouse, je mets le chapeau et puis j'ai mes ingrédients : mon seau, ma casserole pour promener la merdouille. Je fais ça en chanson. Je chante *La Pompe à merde.* Mais je savais pas qu'elle m'enregistrait cette Madelon. Ça fait que Mme du Chirouet qu'était en train de tricoter innocemment en bavardant me dit : "Chantez-nous votre chanson !" Je me suis donc mise à la chanter. Mais quand j'ai eu fini je me suis aperçu que tout le monde se regardait bizarrement. Je pensais que j'y étais peut-être allée un peu fort dans la vulgarité tellement elles sont distinguées ces dames. "Ça vous fait tant rire ? Oh c'est ben pas risible ! Ça serait plutôt à faire un film vu le déguisement que j'ai."

Alors la petite a fait marcher son engin – comment ça s'appelle cette affaire ? Ah oui, son magnétophone. Ah, quand je me suis entendue… avec mon accent… et mes r que je roule… dame c'était pas joli ! Pour me consoler, elle m'a promis de tout effacer mais pensez-vous, j'ai appris depuis, que je fais les délices de leurs soirées.

Connaissez-vous la chanson ? C'est une chanson de notre temps. Écoutez :

« Si vous passez place de la République
Quand les lampions commencent à s'allumer,
Vous entendez un p'tit bruit métallique,
La pompe à merde commence à fonctionner.
Et pour que rien n'se perde dans la nature
Où tout est bon, où tout est bon,

Amis pressons, pressons la pompe à m...
Le jour paraît à l'horizon, à l'horizon
Etc. etc. »

Cette dame si malicieuse m'a raconté que sa cousine imbécile est toute fière d'avoir des petits-enfants comme des tritons, qui sont tout le temps à l'eau. Ils font des records de natation paraît-il !... bof... Je lui ai ben dit, c'en est des manies tout ça... de la voile, du bateau, de la natation, on en faisait nous ? Et on était bien aussi équilibrés, même plus, que tous ces gens de maintenant. Et écoutez... si la nature avait voulu qu'on vive dans l'eau, elle nous aurait fait des pattes palmées... Le monde est bien malin... Savez-vous ce qu'elle me dit toujours cette fameuse cousine ? "Ce que je serais contente Yute ! Vous pouvez pas vous imaginer ce que je serais contente d'avoir des enfants intelligents." Comme je lui ai un jour répondu : "Évidemment, ça fait toujours plaisir, on voudrait toujours les siens malins. On pense toujours être en possession d'un futur Napoléon ; des Napoléons, y en a que tous les six mille ans. Mais écoutez... entre nous... un chien a jamais fait un chat."

« Dame ! elle l'aime notre Berry, Mme du Chirouet ; elle y revient chaque année et elle le fait connaître à ses relations, elle nous ramène tout le temps du beau monde ; ces gens des plus huppés. »

Elle en est heureuse la Yute, qui brandit à tout propos le nom de sa région comme l'étendard de la vie et du bonheur.

Lorsque les vieux enfants de la Yute reviennent dans la région, ils empruntent parfois l'autoroute pour plus de commodité ; cette croqueuse de bolides et de pneus, « la route des fous », décrète la Yute.

Toute gamine et en leur compagnie, Caroline arrivait par chemin de fer jusqu'à Châteauroux. Ils montaient ensuite joyeusement dans le tacot, une vieille micheline qui avançait placidement à raison de quelques kilomètres à l'heure jusqu'au pays de la Yute. Si lentement que les voyageurs demeuraient pour la plupart assis sur le marchepied, et au passage cueillaient des fleurs des champs. C'est inimaginable par les temps qui courent. Ça vous a la couleur de ces fables pour enfants.

Ils préfèrent leur chemin des écoliers d'antan, ces routes vieillies, méprisées. Ignorant l'autoroute, ils choisissent le théâtre scabreux des souvenirs. C'est alors le lever de rideau sur les profondeurs, l'intimité retrouvée à travers Massif central, Ardèche, Auvergne, Cantal, Limousin. Chacun fait un méli-mélo des mini-frontières virtuelles sous l'œil narquois des autres qui, mis au pied du mur, ne se montrent pas plus précis. *L'homme qui ne dit rien mérite qu'on l'écoute* leur avait appris la Yute. Qu'importe !... On roule alors en douceur, attentifs à ces paysages fidèles où il semble qu'il n'y ait jamais âme qui vive. Le monde civilisé a depuis longtemps oublié les lieux, les buildings l'ont ignoré. La nature s'offre là dans toute sa plénitude et se nourrit de riens. On y est si bien ! Les taches multiples de belles vaches fauves coupent la verdure à perte de vue et les grelots des clochettes froissent le silence des notes gracieuses de cet autrefois.

Leurs yeux sont grand ouverts, les nez se collent aux vitres. Pommettes rosies, on ajuste les lunettes. Pour mieux voir. Pour revoir. Pour l'entrée par effraction dans un espace sortant des brumes et qui semble témoigner d'une présence divine... Il souffle un vent chaud ; une saisie de petits soleils ouvre des corolles. On butine, on s'enivre dans leur aura. Et le cœur s'emporte. C'est l'abolition d'un barda d'années.

Ils marmonnent : redites ; formules d'usage ; paroles de comptines. Une larme de joie émerge sous la poussée. Larme de poids sous des coups de badine comme dans une mesure à deux temps. Dans un silence religieux, le doigt se veut discret pour l'essuyer ; un cheveu suit la trace humide. Les amis ne se voient plus, les yeux dans les vapeurs et l'esprit éloigné... « Tu te rappelles ? »... Les espadrilles que l'on chaussait bien vite en descendant de l'auto pour quelque course de détente, une courte bagarre ou bien un crêpage de chignon... « Tu te rappelles ?... Le pique-nique, là, à cet endroit ; l'arrêt brutal, là... ah, les coliques de ce jour-là !... et la pluie qui m'assiégeait... » La pudeur avait poussé l'un des enfants à refuser toute assistance. Il avait fui l'âme charitable et son parapluie.

Les rires à nouveau montent qui trouent le clair-obscur.

« Ça ne serait pas ça, le plateau de Millevaches ?

— Que des bovins ! Quel foisonnement !

— Là encore les troupeaux s'égrènent sur toutes les pentes. »

À quelques kilomètres, les hauteurs avec leurs bonnes joues rondes ressemblent bien à des montagnes, alors qu'ici le plateau envahit des kilomètres.

Puis un désert verdoyant tel un immense tapis de velours. Quelques pics altiers. Des bois qui coiffent l'ensemble. On ne rencontre pas encore ces reliques de rochers noirs de la région d'Ussel, et la lumière de ses fougères mauves. Les toits coulent en deux pentes sur des façades sans prétention et les ardoises rondes s'additionnent dans un goutte à goutte gelé. La Creuse qui coupe la campagne d'Aubusson invite au jeu tout ce qui traîne sur sa route, puis l'abandonne avec désinvolture à chaque obstacle. Elle s'engouffre dans les enclaves, se froisse comme la moire, dans sa course intrépide.

« J'aimerais renaître arbre en Auvergne, répète chaque fois Caroline.

— Il y a six mois tu rêvais d'être pommier de Normandie et avant c'était le sapin des Alpes, il serait temps de te fixer ! Être une jolie fleur, tu n'aimerais pas ?

— Que non !… Pour être à la merci d'une main assassine et pourrir dans un vase ou être piétinée par des indifférents.

— Tu courrais à peu près les mêmes risques dans la peau d'un arbre mais tu aurais peut-être la chance de finir dans celle d'un meuble.

— Meuble-femme ou beau meuble lustré…

— Ou bien bûche au fond d'une cheminée.

— Pourquoi pas cet arbre éternel au sommet d'une montagne, superbe témoin des siècles ? »

VIII

Elles ont rien inventé

Puis le Berry ; l'aspect riant et bonhomme d'une campagne aussi savoureuse que son patois. Une campagne toute en douceur, à l'image de l'accent traînant des autochtones.

Et c'est l'insurrection d'un temps révolu, aux beaux jours où la terre mûrit de partout. Avec des images. Avec une musique qui monte limpide, pure de la pureté de l'enfance. Dans l'ombre, le chœur pour une berceuse les replonge dans le rêve chaque fois interrompu de vacances magiques dont le sel a fondu. Flux et reflux avant le coup de serpe brutal du plein présent qui refait surface. Avant ce petit pincement pour l'innocence perdue.

« Rue Jules-Sandeau… le nom me dit quelque chose… celui d'un des amants de Georges Sand si j'ai bonne mémoire. C'est de là qu'elle avait tiré son pseudonyme. »

Il ne faut pas médire de Sand auprès de la Yute. Elle est sa fierté, la fierté de la Vallée Noire avec ses terres brunes et grasses.

« Parlons-en des féministes ! Ces femmes émancipées. Elles ont rien inventé ! Tu parles si elle les a devancées Sand ; et elle était la seule dans son genre. Elle a eu ce mérite. Mata-Hari aussi.

— Et bien avant elles, les Amazones ; mais qu'est-ce que tu as contre les féministes Yute ? Elles ont avancé depuis. Elles sont tout de même à l'origine de bonnes choses !

— Comme l'avortement par exemple ? Ah, eh bien je vais te dire Caroline ce que j'en pense, moi, de l'avortement. Et je suis pas une bigote ! Les femmes peuvent s'en passer maintenant. Elles ont tous les moyens pour éviter d'en venir là. Elles ont aucune excuse, celles qui se font engrosser à cette heure ; aucune. Si c'est pas malheureux de se faire charcuter de cette façon et par sa faute. De se faire peut-être mal à l'âme. Tu crois qu'elles en souffrent pas ? Et ce qu'elles portent, ça vit ; c'est des vies... De la comédie tout ça. De la comédie à faire du bruit, à remuer de l'air aussi, quand elles veulent prouver qu'elles sont l'égal de l'homme alors qui y a tant de femmes qui mettent tout en avant pour les flatter et les attirer... les seins, les fesses et le reste. Ils sont pas fous, ils le savent ! Les hommes doivent bien rire dans leur barbe, ils en profitent et ils ont raison !

— Reconnais la Yute, que c'est tout de même plus agréable pour eux, que d'avoir le toc des "faux-culs" d'autrefois sous la main... Mais sais-tu que ces fameuses féministes se font parfois traiter de "mal baisées" par des détracteurs ?

— Ah ça par exemple ! Je veux pas de ces mots-là chez moi ; personne a jamais entendu parler aussi mal ici. Je sais bien qu'on parle plus que comme ça. Dans la rue, à la télé. Même les gens évolués disent pas trois mots sans une grossièreté. Je rentre pas làdedans ; à quoi ça ressemble ? Y a des mots propres et plus propres, pour dire les choses ; et le monde comprend pas plus mal.

— Mais c'est le terme approprié, la Yute ! Elle doit bien rire de là-haut Sand, dis donc ! Elle vient de déchaîner la tempête. Tu as raison, tu as raison Yute ; ne te mets pas dans cet état... Et pour en revenir à ta copine George, elle a aussi eu le mérite d'être excentrique et c'est peut-être autant pour cela que pour son talent qu'elle a tant fait parler d'elle dans le coin. Et puis tous ces amants qui lui ont été prêtés, étaient-ils vraiment des amants ? Pourquoi pas de simples amis pour la plupart ? Qui te dit qu'elle ne chahutait pas comme Colette avec des femmes entre les draps ?

— Allons bon, voilà autre chose ! Qu'est-ce qui faut pas entendre ? »

La Yute s'est dressée sur son séant, outrée, l'œil durci...

« Mais non, mais non voyons ! Et n'importe comment, homosexuelle ou pas ; de naissance ou pas, elle aurait pas eu tort de dévier, ma foi ! L'Alfred de Musset lui en a fait voir de toutes les couleurs. Cynique, instable. Il la perturbait complètement. Elle a ben regretté d'avoir quitté mari et enfants pour le suivre à Venise ce type, avec ses crises d'hystérie. Et si par la suite elle est tombée dans les bras de son médecin, c'est ben pour sa gentillesse avec elle. Remarque que ça n'a pas duré. Chopin aussi l'a déçue. Avec lui elle a quand même passé des jours romantiques, à Majorque, à la chartreuse de Valldemossa. C'était vers 1839 je crois. La nouvelle avait fait le tour du coin. Elle a eu une partie belle de sa vie. Si seulement elle avait pas été aussi folle, cette lionne, comme je sais plus qui l'avait surnommée. Elle recherchait trop l'idéal absolu. Elle était pas toujours réaliste. En politique aussi. C'est la religion de la perfection qui la menait, mais ça, la perfection…

D'après ma grand-mère qui l'a connue, elle aurait été une gosse solitaire tiraillée entre deux femmes et entre deux classes, la grand-mère de la haute, et la mère d'origine plus que modeste. Petite fille de Marie-Aurore de Saxe tu penses ! Elle-même petite fille du roi de Pologne. Elles devaient ben être toutes deux conformistes à leur manière va… C'était pas bon pour cette gamine.

Elle a été séparée de sa mère très jeune et de loin, elle devait l'idéaliser, quand elle était seule à Nohant avec sa grand-mère. Elle a voulu être interne à Paris au couvent des Augustins pour se rapprocher d'elle, mais elle a vite compris qu'elle la dérangeait, alors elle est revenue dans le Berry. Il paraît qu'elle passait des heures, seule dans sa chambre ou bien dans la campagne. C'est mauvais ça, pour des p'tits. Ça vous en fait des rêveurs, ça lui a pas toujours servi. Elle admirait beaucoup sa grand-mère qu'était très cultivée mais elle la craignait, toute gosse. Elle était soumise. Dame ! par la suite elle l'a été un peu moins ! Sûr qu'elle a pas fait semblant. Plus tard, elle s'amusait à ameuter Nohant en sautant les haies et les bariots et en tirant des coups de pistolet en pleine nuit.

"Qui vas-tu aimer, de qui vas-tu souffrir ?" On connaît tous sa formule. Une passionnée. Une socialiste notoire. Pour elle c'est dans le peuple et la classe ouvrière surtout, qu'il était l'avenir du monde et elle souhaitait qu'avec le temps, la masse s'en sorte mieux. C'était bien beau mes enfants, ces idées d'égalité, de bonheur pour les pauvres. C'est du rêve ; il faut être réaliste. Et dame les pauvres... Ceux qui s'en sortent, s'ils grimpent trop vite les échelons, il leur en faut toujours plus ; ça les déphase dame. Il y a ceux qui restent intéressants c'est sûr mais d'autres

– ils sont nombreux ceux-là – quand ils prennent le dessus, qu'ils sortent de leur rang c'est de la dynamite, ils vont trop vite, ils se croient tout permis et finissent par te marcher sur les pieds. Ils se prennent pour plus haut que la haute. C'est les pires, ils font pas de différence entre les bons et les mauvais. Entre les vrais bourgeois, respectueux, généreux et ceux qui les méprisent. Ils font pas assez la différence. Et quand ils veulent les singer, ils tapent à côté.

Ce que j'ai été heureuse à Paris dans cette famille qui m'employait, des banquiers. Ils traitaient le personnel d'égal à égal, avec une certaine distance, mais très discrète et jamais on en aurait profité, jamais on se serait moqués d'eux. Ils avaient une conduite irréprochable et un respect de tous… Ah on les admirait et on les aimait ces bourgeois-là. Le jardinier disait toujours que si les rouges les attaquaient, il sortirait sa faux contre eux.

Bien sûr, ils étaient riches, nous pauvres, mais ils nous donnaient beaucoup. Ils partageaient, ils avaient des égards, ils se rendaient compte vous comprenez. C'étaient des gens intelligents, qu'avaient la bonne éducation comme innée. "Ah, le populo, qu'il disait le père Aubrier, il vaut mieux s'en méfier." J'irai pas jusque-là, mais voyez dans les révolutions. Attention, ne me faites pas dire ce que j'ai pas dit. Vous avez l'air étonné. Sûr qu'il faut pas se laisser manger la laine sur le dos par la haute, mais le peuple déchaîné, c'est pas joli joli. Ils sont pas mieux que les autres, allez... Vous êtes jeunes, vous êtes peut-être pas d'accord mais j'en ai vu de ces choses ; on m'en a raconté ! Ça change les idées, ça chasse les idées révolutionnaires, vous comprendrez un jour. Voyez à la Révolution, tous ces excès. Après ils se mangeaient entre eux. Ils faisaient pas que se manger, ils se coupaient la tête. C'est ça le monde. Il vaut pas mon "Beauté".

Quand la Sand est morte, l'église et la place étaient bien bourrées... Elle a été pleurée même si elle était critiquée. Elle était tellement bonne avec les gens. Mais pensez, ici ! et il y a plus d'un siècle ! Elle au milieu de ces paysans, si réservés, si réfléchis et méfiants. Dame ! elle a ben dû les bousculer dans leur pudeur. Ils devaient ben soulever le rideau et *s'arœiller*[1] à son passage ! Il y a même quelques arriérés qui la prenaient pour une sorcière et qui faisaient le signe de la croix en la voyant ! Dans ces campagnes, tout est prétexte à faire le signe. Moi j'entamerais jamais un pain sans faire le signe de la croix ! Et je tiens ça de mes parents. J'ai toujours vu faire ça partout.

Qu'il fait chaud, ça fait-il chaud ! Dame ! on est tous à tirer la langue comme les chiens, pour se

1. *Écarquiller les yeux.*

rafraîchir un peu le sang… Vous allez peut-être penser que je suis un peu sectaire ?

— Mais non ! On est bien tous conscients de ce que tu dis. »

IX

Perdue pour perdue

« À PROPOS DES *MAZÉS* que j'avais mentionnés au docteur venu se renseigner sur la sorcellerie en Berry… Les *mazés*, donc les fourmis – leur habitacle c'est la *mazière* que vous appelez la fourmilière –, elles ont sûrement un pouvoir. Je lui ai dit, docteur, on m'a fait un pneumothorax il y a cinquante et un ans. Personne donnait un sou sur ma vie et je suis là. Ma Bujoune, toujours ma vieille voisine, elle voyait maman se désoler, le médecin était pas tellement optimiste. Il me rendait visite chaque jour, faisait ce qu'il fallait faire, piqûre sur piqûre, mais ça allait pas mieux. Alors la Bujoune a dit à maman :

"Écoute donc ma pauv' Thérèse, on va la mettre dans les *mazés*.

— Bujoune, comment vous expliquez le pouvoir des *mazés* ?

— Dame ! c'est qu'ils ont le sang plus fort que l'homme. Dis donc à p'tit Jean qu'il prenne une marmite et qu'il aille ramasser des *mazés* à pleines pelles et tout le fourniment, les cailloux, les brindilles, les œufs, qu'il apporte le tout mais faut pas que ça se sauve. As-tu une marmite qui ferme au moins ?

— Oui mais elle est pas ben grande !

— Écoute donc ! J'en ai une qu'est monumentale ; tu diras à Jean qu'il vienne la chercher mais qu'il aille pas à n'importe quelle mazière, qu'il en choisisse une qu'est exposée au soleil levant."

Justement on en avait une dans un champ, qu'était aussi haute... presque la tour Eiffel.

Mon père est parti avec le sac et la pelle à charbon et il a rapporté la pleine marmite de mazés. Ma Bujoune les a bien arrosés de vinaigre de vin, parce que là aussi il y a des rites. Elle a pendu le tout à la crémaillère bien au-dessus des braises pour que ça chauffe ; elle tournait avec la cuillère en bois et moi j'assistais à l'opération, j'en perdais pas une bouchée. Quand ça a été cuit, maman a mis la mixture sur un linge blanc étalé sur la table et elle en a fait un cataplasme. Ça ne me changeait pas beaucoup car tous les jours j'avais droit au cataplasme à la farine de lin et à la moutarde. C'était donc la même chose, mais avec des fourmis. Ces cataplasmes qui vous couvraient le dos, c'était autre chose que ces p'tits à la farine ou aux herbes que je mettais aux enfants pour les bronchites. Ils me faisaient danser ceux-là ; ils me prenaient le thorax, ils me mettaient le feu à la peau. Bref ! Quand il a été à bonne température, ma mère m'a relevée du lit et le torse nu, elle m'a enroulée là-dedans. La Bujoune est repartie en lui disant : “Laisse-lui le temps que c'est chaud ; faudra pas y laisser le temps qui sera froid.”

Dame ! ça risquait de durer longtemps parce que j'avais quarante de fièvre, si c'était pas quarante et un ! Maintenant je suis ben un peu sourde mais à ce moment-là j'entendais clair et il y avait pas un quart d'heure que j'étais emmaillotée que j'entends la voiture du docteur. Oh la la ! j'étais là dans le grand lit, je prends le cataplasme, je te le fiche dans la *rouette*[1]… Mais je sentais le vinaigre à plein nez.

“Maman, tu n'auras qu'à dire que j'avais mal à la tête et que tu m'as fait des compresses au vinaigre.”

Eh bien, il reniflait, il reniflait ce docteur.

“Ça sent bon le vinaigre chez vous, mère Saint-Just.

— Dame ! j'y ai fait des compresses.

— Vous avez bien fait, c'est très bon.”

Il m'a auscultée et il est parti.

1. *Ruelle.*

La Bujoune, qui l'avait entendu arriver, a rappliqué affolée.

"Qu'est-ce qu'il a dit ?"

Et on lui a raconté le coup.

On a donc sorti le cataplasme de la *rouette*, on l'a remis dans la marmite, on a mis le feu dessous et j'ai eu droit à une deuxième séance.

Alors j'ai dit à ce médecin à qui je racontais ça : "Est-ce le cataplasme des *mazés*, est-ce le pneumo, est-ce le traitement, mais je suis là." Il s'est demandé si ça n'avait pas joué.

Dame ! je m'en suis vu avec ce pneumothorax ! On vous insuffle un gaz entre la plèvre et le poumon… je ne sais pas quel gaz… qu'est-ce que c'est donc qu'ils insufflent ?…. je me rappelle pas… C'est pour reposer le poumon. Et la première fois que le médecin est venu, il s'est étonné.

"Mais qui c'est cette demoiselle, je ne la connais pas ?

— Vous risquez pas de la connaître, a dit ma mère, elle a jamais été malade. C'est ma fille.

— C'est pour ça qu'elle nous fait la générale.

— La générale ?

— On ne peut pas faire mieux ; il y a pas pire. Vous savez, elle est très mal et je ne suis pas optimiste du tout. Je ne vois qu'un remède, le pneumo.

— Qu'est-ce que c'est ça ?

— Voilà mère Saint-Just... Si elle est pas soignée énergiquement, au point où elle en est, elle nous fait une phtisie galopante et ce sera l'affaire de trois mois. Au mois d'avril elle est rétamée. Quant au pneumothorax, je vous préviens, il revient cher.”

Il y avait pas de sécurité sociale à l'époque... C'est pour ça que quand j'entends les gens se plaindre parce qu'ils sont pas remboursés à cent pour cent, ça me fait bondir. Je leur dis bien : “Mes parents à moi, ils ont vendu de la terre pour me soigner et ils en avaient peu.” Je pouvais les soigner après, je pouvais leur fermer les yeux ! C'était mille francs, la création du pneumothorax et cent francs l'insufflation, rendez-vous compte !

La première semaine j'en ai eu au moins cinq ou six. Et cette fièvre qui tenait bon ! Mais je m'en accommodais. Puis c'est allé en déclinant. J'ai été soignée deux ans. Pendant deux ans j'ai paressé, je me suis reposée. Quand je pense à tout ce temps perdu ! J'ai mangé une fortune.

Maman avait prévenu le docteur qu'il fallait qu'elle en parle avant à mon père et quand mon père est revenu du travail, il lui a fallu un sacré courage à l'annonce de cette catastrophe.

“Eh ben vieille, faut pas hésiter. On vendra des terres.” »

« Le docteur, pour chaque séance de pneumothorax, donnait la consigne de ne pas déranger parce que c'est assez long ; il faut compter environ vingt minutes. La première fois j'étais plutôt anxieuse. Tout était prêt dans son cabinet à mon arrivée… Il m'installe, il me couche, le torse nu, et puis il me passe une espèce de… de craie de tailleur ; c'est pas douloureux ça. Moi je voulais pas le voir en blouse blanche, c'est bon pour les bouchers.

“On va pas te contrarier ma petite fille, je serai pas boucher.”

Il a ensuite appelé maman mais j'ai pas entendu. Elle m'a raconté ça longtemps après.

“Il faut que je vous dise ce qu'il en est… Je risque gros. Je dois glisser l'aiguille entre les deux plèvres pour mettre le gaz et si je pique le poumon… ça ne m'est jamais arrivé mais on n'est pas à l'abri, mère Saint-Just. Je préfère vous dire l'exacte vérité. Je peux la tuer en vingt minutes et je vous la ramène morte.”

Maman s'est trouvée mal. Après il m'a dit en riant : “Ah ! il a fallu que je lui chatouille le ventre à ta mère ; pauvre mère Saint-Just.”

Quand elle est revenue à elle, elle lui a ben dit : “Tentez l'impossible docteur, perdue pour perdue…

— Mais restez loin, vous ; je veux pas vous voir avec nous.”

Et moi je savais rien de tout ça. Il est revenu vers moi tout guilleret.

“Allez, on va te rentrer dedans !”

Et voilà ti pas qu’il se prépare à m’attacher les pieds !

“Oh ça par exemple ! Si vous m’attachez les pieds, je remue, je vous jure que je remue.

— Quand tu seras ficelée, tu remueras pas.

— Je remuerai… et si je peux pas, je tousserai.

— Tu en es capable !

— Si vous cédez, je vous promets que je remuerai rien ; même pas un œil. Mais m’attachez pas, je vais m’étouffer.

— Je te fais confiance ?

— Oui, vous pouvez.”

Il m’a pas attachée ; j’ai pas remué et le pneumothorax a réussi mais j’en avais jusque dans le cou.

La sœur Julienne qui l’assistait était pas ben brillante. Elle s’est assise un peu pour reprendre sang.

“Ça va, petite ?

— Bof, ça peut aller mais je crois bien que vous m’en avez mis dans le cou.”

Le docteur m’a fait ensuite passer derrière son bazar, cette espèce de radio, avec la sœur qui me soutenait.

“En effet j’ai peut-être été un peu généreux. Je t’en ai mis dans le cou mais ça va passer.”

Il m'a fait ramener par son chauffeur. Je pouvais rester ni assise, ni debout, ni couchée ; je suffoquais. Le docteur est venu me voir à la maison. "Mais c'est que tu dégonfles pas, toi !"

Et puis ça a été de mieux en mieux. Souvent quand il y avait des congrès de médecins chez lui, je voyais son chauffeur arriver pour m'emmener. Maman lui demandait pourquoi.

"C'est qu'il a des collègues. Il veut parler du pneumo."

Il m'exhibait. J'étais son phénomène. Il reconnaissait que je l'avais aidé à cinquante pour cent. »

« Au mois d'août 32, j'y retourne pour me faire gonfler, il me regarde…

"Vous me gonflez pas docteur ?

— Non je ne te gonfle pas, comme tu dis.

— Pourquoi ?

— J'ai une heureuse nouvelle à t'apprendre ; tu n'en as plus besoin.

— Ah docteur, il faut pas blaguer avec ça !

— Je ne blague pas. Jamais je n'ai été aussi sérieux ni aussi content de moi. Est-ce que tu te sens bien ?

— Pas mal ma foi.

— Je vais te faire une ordonnance.

— Quoi ?

— Tu vas voir ; tiens ; viens lire par-dessus mon épaule.

Pas de mari, plus de Paris.

— Dame, pas de Paris ça m'arrange, je m'y suis jamais plu, mais pas de mari dites donc... Permettez-vous un ami ?

— Écoute. Je ne te dis pas de rester seule, mais enfin... ne te marie pas tout de suite. C'est pas le mariage lui-même qui serait mauvais, c'est la mater-ni-té. Si tu en arrivais là, viens me voir, je te donnerai les moyens pour éviter les enfants.

— Si faut pas se marier, pour sûr... je me marierai pas... Vous avez dit *pas de Paris, pas de mari* y en aura point.

— Tu es capable de tenir bon.

— Parfaitement."

Et sœur Julienne qui assistait à l'entretien avait ajouté que dans ces maladies-là on est porté sur la chose, mais que je l'étais pas.

Eh bien, toute malade que j'étais, j'avais des cheveux... une de ces tignasses... Le docteur disait que d'habitude la maladie entraîne la chute des cheveux ; il fallait croire que j'étais en bonne santé ! Il avait prévenu maman. "Malade comme elle est, le sang est appauvri ; ne vous inquiétez pas des troubles qu'elle pourrait avoir."

Penses-tu... réglée... du papier à musique... à une heure près je savais. Dame ! j'en ai avalé après, des laits de poule et du vin sucré et de la viande crue pour me retaper ! »

« On avait déjà bien essayé de me marier avant que je tombe malade, quand j'étais à Paris. C'est Mme Bonnefoy qu'avait combiné ça avec la Georgette, celle qu'est sur la photo à droite. J'étais pas contre après tout. Alors la Georgette un jour me dit : "Mme Bonnefoy – c'était la femme de l'entrepreneur de travaux publics où mon beau-frère travaillait, et la cousine à la Georgette – va te faire faire la connaissance du frère de son gendre, un beau gars et vraiment bien.

— Ah ? Le frère de Roger ? Bon ; mais n'avance rien de ma part.

— On n'avancera rien je te promets. Mme Bonnefoy t'invite à prendre le thé – parce qu'elle jouait à la dame, celle-là. Et elle invitera Léon."

Par-dessus le marché, il s'appelait Léon ! Enfin ça... je pouvais toujours le débaptiser.

La Georgette avait demandé à sa cousine de ne pas raconter à Léon que c'était du tout cuit parce que attention, j'avais mon caractère et que ce serait la première impression qui serait la bonne... "Méfie-toi ! La Georgette t'a-t-elle dit qu'il était tout rouquin, tout rouge ? m'a prévenue ma sœur.

— Non

— Tu sais, il est laid comme un poulain.

— Ça par exemple !"

Je retourne chez la Georgette… “La Jeanne m'a prévenue que ton Léon c'est un rouquin et laid. Je sais pas si je vais y aller.

— Écoute, ta sœur détruit tout ce qu'on peut faire. Oui il est roux mais j'ai pas pensé à te le dire parce que je sais que si il te plaît tu t'attarderas pas à ça. Tu vas même pas t'en apercevoir.

— Est-il grand ? Je veux pas un petit.

— Dame ! il l'est bien plus que toi.

— Ça va.

— Et beau gars.

— On verra, on verra. C'est sans importance. Surtout, qu'il soit pas bête ! Quand je pense que des femmes passent leur vie avec des imbéciles, vulgaires, quelconques et tout… il vaut mieux rester seule. C'est déjà pas bien marrant de supporter un homme ; y a d'abord le temps d'adaptation ; ensuite, passé la lune de miel… Quant à l'amour… ça va ça vient.

— Rassure-toi ! Il est loin d'être un imbécile.”

C'était un boulanger qui voulait se mettre à son compte et il avait besoin d'une femme pour le seconder. Mme Bonnefoy, qui connaissait très bien maman puisqu'elles se tutoyaient, m'avait pas mal vantée. “La demoiselle en question a assez d'instruction pour tenir les comptes d'une boulangerie et mener tout de front et c'est pas elle qui mangera la grenouille. Elle est économe et sérieuse. C'est le métier qu'il lui faut parce que par exemple dans un café elle enverrait promener les clients ; il faudrait pas y manquer de respect. Dans une boulangerie c'est pas pareil."

J'aime pas me vanter mais faut bien reconnaître que rien que mes mains valaient de l'or... Je savais tout faire de mes dix doigts, tailler des robes, repriser, cuisiner, jardiner. Et j'étais loin d'être une dévergondée ! Ça compte tout ça ! Y a mon *ch'tit*[1] caractère bien sûr, mais il aurait suffi que le gars sache me prendre, qu'il dise tout comme moi...

Le Léon, paraît-il, était très travailleur, bon ouvrier et Georgette avait dit que s'il me plaisait, ça ferait un ménage parfait et que je tiendrais bien mon rôle.

Eh bien je l'ai pas vu, le fameux prétendant... Je suis tombée malade. Huit jours après j'étais là chez nous. Voilà... »

Ce soir-là, à nouveau seule, elle s'est assise sur le pas de sa porte, les jambes croisées, allongées sur les dalles du jardinet. Elle s'assied souvent ainsi, le dos appuyé au chambranle. Elle écoute la nuit, les bruits légers d'un tout rendu à sa vérité originelle. La brise, dans un maigre remuement, se partage entre les hampes des feuillages, l'ouverture des fenêtres, les trous du

---

1. *Mauvais.*

grillage. Si maigre, pour éviter de contrarier l'assoupissement du monde.

Un grondement monté du loin d'un poitrail, l'aboiement âpre qui a suivi ont jailli de la maison voisine. Et l'air s'est rempli d'aboiements se succédant entre deux silences, comme si chaque animal s'appliquait à en saisir le sens avant d'y répondre. Ce fut ensuite une envolée de jappements incontrôlés, jusqu'à ce que les voix autoritaires de villageois exaspérés interviennent pour imposer le silence. « Ils ont bien dû flairer quelque bête dans le coin, un renard sans doute… Mais voilà que je parle toute seule maintenant », a murmuré la Yute dans l'obscurité.

Le charme était rompu. Elle a refermé sa porte, a tiré les volets. Elle était heureuse, le lendemain à nouveau elle aurait de la visite, elle se raconterait.

« Ah vous voilà ! Vous allez bien boire un p'tit cassis ?… Hier je vous racontais pourquoi j'étais rentrée de Paris.

Après ma maladie, j'ai jamais fait de folies. Je restais chez moi à vivre sainement et saintement ! D'ailleurs, la maison a une exposition de sana et le docteur m'avait dit d'éviter les bals dans les salles surchauffées où y a tant de monde, les contacts, etc. J'en avais quand même par moments. Comme j'ai raconté au médecin psychiatre de Benoît… Quand j'étais gouvernante d'enfants et femme de chambre en même temps à Paris, tous les jours je conduisais les garçons au lycée Jeanson-de-Sailly et les filles à un cours privé. Il y avait quatre enfants là-dedans. J'habitais entre le Trocadéro, la place de l'Alma et l'Arc de triomphe avenue Marceau. J'étais très bien ; je profitais du luxe des patrons. Lui était médecin spécialiste des maladies de poitrine mais à l'époque il exerçait plus ; ça lui plaisait pas. Il s'était reconverti dans la peinture, dans les tableaux. Il allait à la salle des ventes Drouot et il avait des bureaux aux Champs-Élysées où j'allais promener les petits. Où je voulais en venir ? Voyez ben que je perds la tête… Ah oui ! Quand les gosses étaient malades, sa femme disait au patron : "Paul, donnez-moi donc quelque chose pour les enfants." Il voulait pas. Il lui conseillait d'aller voir le docteur Tartempion, leur médecin de famille qu'habitait avenue Pierre-Ier-de-Serbie, encore dans les beaux quartiers. Entre nous, celui-là devait avoir les poils de la poitrine aussi longs que ceux de mon Bibi ; ça dépassait de partout. Ma patronne demandait donc à son mari de donner un sirop quelconque à ses enfants mais il refusait. "Puisque je te dis que tout ce qu'on prend par la bouche va aux chiottes." Et moi j'en avais tellement marre de ces piqûres pendant ma maladie ! Des piqûres qu'étaient pas douces… matin et soir, cinq centimètres cubes d'huile camphrée. J'en avais là, j'en avais là et puis là ! Des intraveineuses, des sels d'or. De tout. J'étais percée de partout pire qu'une passoire. Je savais pas où me toucher et je suppliais mon médecin de me donner quelque chose à boire à la place.

"Allons, la voilà qui veut boire ! Parce que tu as un bon estomac tu veux que je le détraque ?

— Mon patron à Paris disait que tout ce qu'on prend par la bouche ça va aux cabinets. Vous devez être de son avis.

— Voilà un médecin intelligent ! C'est bien vrai ! Mais on ne peut pas dire ça aux patients."

Le psychiatre m'a approuvée quand j'y ai raconté et que je lui ai dit qu'ils étaient bien tous un peu charlatans.

"C'est bien vrai, oui c'est vrai."

Voyez comme tout est comédie. »

Elle a sorti sa sentence avec sérieux, la Yute, navrée de ce constat. « Tout est charlatanisme », a-t-elle ajouté. C'est comme ces ceintures de sécurité… quelle invention ! Ça a peut-être du bon mais je crois surtout que ça fait travailler certains.

X

Le vieillard regardait le soleil qui se couche

Que faisait-elle aujourd'hui la ta-Yute, à écrire, penchée, sérieuse, au-dessus de son grand cahier ?

Caroline et Maria l'ont surprise ainsi, le jour de ses quatre-vingts ans. Pour l'occasion, elle s'était confectionné un bouquet de fleurs des champs. Elle avait posé contre une feuille de papier : « Bon anniversaire », pour le cas, a-t-elle dit, où on l'aurait oublié. Mais les jeunes femmes se trouvaient là, de passage une fois de plus, heureuses de pouvoir la gâter un peu avec une robe du bleu qu'elle aimait.

« À quoi tu joues, ta-Yute ?

— Dame ! j'écris mes mémoires. C'est ben triste mes enfants de vieillir, c'est ben triste !

Quatre-vingts ans ! Quel songe étrange, aujourd'hui j'ai quatre-vingts ans. Qu'est-ce que ça change ? Rien... Un peu plus lourde chaque jour, un peu plus de vide autour. C'est normal et ça fait mal. Mais pourquoi dire quatre-vingts ans ? J'aime mieux quatre fois vingt ans. Non, vieillir n'est pas agréable. On pense trop, on pense mal. Des regrets ? Même pas ! Des projets, on n'en fait plus. On est là, c'est tout. On n'attend plus rien. Et je médite ces vers de Victor Hugo : *Le vieillard regardait le soleil qui se couche. Le soleil regardait le vieillard qui se meurt.*

— Notre Yute à tous, viens dans nos bras. Allons, viens qu'on te serre bien fort. Pour une fois ! »

Elles l'ont serrée, Caroline et Maria, elles l'ont serrée très fort.

« Dame ! vous êtes gentilles mes drôlesses. Je pensais à mes parents tout à l'heure. J'y pense à chaque anniversaire. Un peu plus que les autres jours. À mon père qu'était encore si courageux à cet âge que j'ai. Dame ! il a eu la vie dure. Et ils ont pas eu de chance tous les deux, maman et lui, entre ma maladie et celle de ma sœur Jeanne. Cette petite Juliette qu'ils avaient hébergée, elle a été leur soleil, leur récompense. Dame ! elle est fidèle ; on est comme deux sœurs. C'est dommage qu'elle habite aussi loin de moi. Et puis elle est prise par sa vie, par ses enfants. Deux beaux enfants ma foi. Et gentils !

Il était amusant mon père parfois… Dame ! les hommes, quand ils ont un petit verre dans le nez… Fallait le voir dans ces moments-là ! Ce qu'il nous aimait ! Et il nous trouvait “telligents”. Ça lui rendait la langue courte. Maman lui disait :

“Oh, tu causes ben, tu causes ben, là on t'entend. Oui on le sait que t'as des enfants telligents.

— Pour être telligents, ils sont telligents.

— Je sais pas de qui ils tiennent.

— Hé ben ils tiennent de moi.”

En temps ordinaire, il trouvait jamais plus diables et plus désagréables que nous. On avait tous les défauts de la terre. Il se laissait aller à l'alcool que deux fois par an, pour la fête des maçons et celle de l'Ascension.

“Je monte au ciel moi aussi. T'inquiète pas, Vieille.

— Pour l'instant t'es ben sur terre.”

On le voyait alors nu-tête, car habituellement il portait une casquette en permanence. Il transpirait, il avait la tête chaude comme il disait. Maman lui faisait boire ce qu'elle appelait “l'eau de la *chieube*[1]”, de l'eau salée qu'elle préparait dans une écuelle pour le dessoûler.

“T'as ben au moins soif, tu dois ben avoir le gosier sec.

— Ah ben oui je boirais ben encore un coup.

— Tiens don, bois don.”

1. *Chèvre.*

Et il buvait l'eau de *chieube*. Il s'en rendait même pas compte.

"C'est ben bon, c'est ben bon.

— Dame ! pour toi ça l'est !"

Le 14 Juillet aussi il s'oubliait un peu. Il participait à la retraite aux flambeaux et ensuite il arrosait.

Maman lui reprochait :

"T'es encore dans un bel état.

— Tu comprends rien, ma pauv' vieille ! Tu vois don pas que j'ai pris la Bastille ?

— Pour l'instant je vois ce que t'as pris.

— D'accord, d'accord. Mais j'ai aussi pris la Bastille."

Et tous les 14 Juillet, mon père prenait la Bastille. »

« Tout jeune, il n'a pas mené la vie douce. Il avait fait le tour de France du travail. Le chômage c'est pas nouveau, on en fait tout un plat maintenant. Il y avait pas de travail, il fallait partir. Quand on était gosses, mon père a passé vingt ans à Paris en tant que maçon. Les rares photos de lui montrent un homme très petit, accablé et triste. Maman était seule pour nous élever. On s'est élevés sans père, nous... Les jeunes trouvent drôle si le mari doit s'éloigner ; c'est malheureux et tout, et il y a des âmes apitoyées pour les plaindre ! Je leur dis, mon Dieu c'est pas nouveau.

Mon père partait avec les grues, c'est des échassiers migrateurs qui volent par bandes. Ils ont le bec pointu et de très longues pattes. Je crois qu'il y en a de plusieurs espèces. C'est les grues cendrées, qui volent en France. Elles passaient vers le dix mars, c'était le signal du printemps et le signal du départ parce que les maçons travaillaient pas l'hiver, attention ! Il y avait pas encore les ciments qui prennent tout de suite, il y avait rien. Quelquefois il partait avant, si le temps était favorable. Il était convoqué à Paris par le chef maçon, le père Audouce, un entrepreneur de maçonnerie renommé et il revenait au mois d'octobre ou de novembre quand les grues redescendaient dans le Sud. Dans les beaux quartiers il ravalait les façades, grimpé sur des échafaudages volants. Il a travaillé comme ça sur tous les immeubles de l'avenue de l'Opéra. »

Une vie de sacrifices. De violences sourdes. Dans des ombres d'amour.

« J'aurais tellement aimé un père qu'ait le temps de m'apprendre tous les secrets de la vie et ses travaux que j'ai appris en regardant les autres faire, en les interrogeant. Ça me semblait une rude école, toute gamine que j'étais. Je regardais faire les autres pères et j'en voulais un peu au mien de pas être là. Ça me rendait jalouse.

Quand il revenait, il avait un tas d'histoires à raconter, et nous les gosses on l'écoutait bouche bée, on était émerveillés. Paris, ça nous semblait le bout du monde, la Patagonie, avec des gens faits autrement que nous. Et les rues illuminées, les carrosses des riches, les monuments aussi hauts, les boulevards qu'il nous décrivait. Dans ces moments-là, maman se remettait à beaucoup parler. Pensez donc, une fois par an ! Il était pas dur avec nous ; il passait sur toutes nos bêtises, c'est notre mère qui sévissait, étant donné le peu de temps qu'il passait avec nous…

Dame ! elle est partie trop tôt ; ils ont pas eu le temps de vivre à deux. Après, ça a été le désert dans les yeux de mon père ; les larmes, elles restaient par en dessous. J'en ai eu du mal à m'habituer à ses silences et à son parler rude. Et de le voir vieillir aussi vite, ça me crevait le cœur. Il pouvait plus faire grand-chose dans les champs, il était usé. Il passait le plus clair de son temps à vérifier le temps qu'il faisait, le temps qu'il allait faire, content quand les vignes donnaient, quand la luzerne était belle… On le sentait absent. De temps en temps, je lui mettais une grappe de raisin dans la main. Il la soupesait comme un lingot, la tournait dans tous les sens. Dame ! c'était son bien, il en était fier. Il se mettait à manger ça calmement, grain par grain. Quelquefois il devait bien se demander si c'étaient pas les derniers qui mangeait, pauv' vieux.

Le jour où il est tombé dans la chambre, j'étais pas loin, j'ai entendu un gros bruit : "Qu'est-ce que tu fabriques, vieux ?" J'entendais plus rien, je me suis précipitée, il était mort. Il a pas vu venir, il s'est douté de rien, ça m'a consolée.

Oui, il avait passé vingt ans à Paris à vivre en garçon.

Tous les mois il envoyait cent francs à ma mère, cent francs avant 14 ! Cent francs pour vivre à quatre… Il était payé huit ou neuf sous de l'heure. C'est la guerre de 14 qui nous l'a ramené là. Il avait cinquante ans. Après il est pas retourné, ça commençait à faire vieux. Il aurait pu faire comme les aviateurs. Au lieu d'être volant, il aurait été rampant.

Il s'est occupé de culture, de ses terres, de ses vignes et puis dame, ma mère lavait le linge des autres, au lavoir. C'était dur la vie, pour ces femmes de la campagne. Mais jamais une plainte. Elles avaient pas le temps de se regarder le nombril et puis elles s'entraidaient dans leur misère, elles se soutenaient. À l'heure actuelle les femmes ont toujours peur que le beurre gèle. »

« Elles partaient au lavoir tôt le matin. C'était tout une expédition. La brouette était pleine. Elles s'agenouillaient au bord de l'eau sur un coussin de plumes calé au fond d'une caisse en bois, le bachot à trois parois. Elles glissaient dans le lavoir une planche qu'elles appuyaient au rebord et là-dessus elles brossaient, battaient, savonnaient, retournaient le linge. Tout à fait les lavandières du Portugal. Le linge rincé était mis à égoutter sur un tréteau. Maintenant y a plus que les pluies qui brassent l'eau des lavoirs. Et les vents qui la rident au passage. Quelques têtards la taquinent bien encore de temps en temps. Les crapauds aussi…

L'hiver, elles emportaient leur chaufferette, un petit récipient où elles chauffaient de l'eau au charbon pour leurs mains. Elles travaillaient comme ça des journées entières et quand elles se relevaient, les genoux étaient sans connaissance. Pensez si là les langues allaient bon train ! Ça jacassait, ça glosait et tout le monde était très gai.

Y avait aussi la lessive aux cendres, trois ou quatre fois l'an. On mettait le linge dans un baquet en bois avec un trou au fond ; le tout posé sur un trépied en bois également. On recouvrait le linge d'un « cherri » – une grande toile bise tissée main – et de cendre de bois blanc. On coulait de l'eau bouillante là-dessus. Elle retombait par le trou dans une petite basse en bois, le basserot ; et ainsi de suite jusqu'à ce que le jus soit assez teinté pour avoir décroché la crasse. Le rinçage se faisait à la rivière.

Et mon père, employé dans les domaines à l'âge de neuf ans ! Voyez le temps qu'il a pu passer à l'école ! Il déformait la moitié des mots. Ce qu'on a pu rire avec la Juliette ! Elle a même écrit un poème à ce sujet. Je vais le citer ; enfin un passage. Je le connais par cœur.

« …
Et chaussant ses besicles, et prenant le journal,
Lisant à haute voix, de la guerre infernale
Les récits expurgés par la censure grave,
Il nous faisait connaître les exploits
de nos braves.
"Babounie" était repris dans les pays "vahis",
Les fils de fer "barcelés" par nos soldats
franchis.
Escamotant les mots, les aspirant parfois
Pour reprendre son souffle et assurer sa voix,
Il provoquait bien sûr nos rires ironiques
Qui ne l'émouvaient pas car il restait placide.
Nos rires innocents ne pouvaient le toucher,
De mauvaises intentions ils n'étaient pas
marqués.
Le vieillard regardait le soleil qui se couche
Et les mots titubants drôlement mutilés
Passaient en un comique et "boiteux défilé".
"Fais attention, ils se moquent de toi"
Disait agacée notre mère, et riant à la fois.
…
Tu avais bien raison, oh brave homme de père
De ne pas nous répondre par un mot de colère.

C'est la même simple et sage philosophie
Qui t'a fait supporter tout le poids de la vie. »

« Mon père n'était pas tout à fait illettré. Il nous disait toujours : “À vingt ans, je savais un peu lire, un peu parler, mais je savais pas manger.” S'il était tombé dans une famille aisée, il aurait donné quelque chose car il n'était pas bête, loin de là ; en politique et partout ! Du reste, j'ai toujours sa carte de syndicaliste. Mais en disant ça, vous savez ce que je pense ? Je pense qui vaut ben mieux des gens comme lui, pas sots mais qu'ont pas le temps de penser, que des imbéciles qu'ont tout le temps pour ça. J'ai lu il y a pas longtemps que *le drame de notre temps, c'est que la bêtise se soit mise à penser.* C'est bien vrai avec tous ces imbéciles qui font le malheur, à palabrer et ergoter de travers.

Étant à Paris, il était syndiqué CGT, un des premiers. Ma sœur non plus n'était pas sotte. Seulement elle était lymphatique, elle était malade forcément, elle était différente de moi... dame c'était pas du vif... elle faisait pas d'effort quiqu'vous voulez, on peut pas la blâmer.

Dame ! j'étais pas lymphatique ! J'ai pourtant marché tard. J'ai marché à deux ans, mais j'excellais dans la progression à quatre pattes et j'ai causé à trente mois. Maman a dû me faire couper le *ligneux*[1] et quand je me suis décidée à parler, je bégayais. Elle qu'était bien croyante, elle se demandait ce qu'elle avait fait au Bon Dieu.

Je crois que j'ai marché tard parce que j'avais pris goût aux quatre pattes et je me propulsais à une vitesse vertigineuse. Là-bas dans la première maison qu'on a habitée, il y avait une cour fermée où on élevait des canards, des oies, des machins comme ça et maman, pour les engraisser, faisait cuire une grande marmite de pommes de terre avec du son, avec recoupes c'est-à-dire. J'adorais ça… D'ailleurs à la grange, j'ai toujours le foulon. Aujourd'hui on appelle ça le pilon, qui sert à piler les pommes de terre. Elle distribuait le mélange aux bêtes dans plusieurs récipients ; celui des lapins, celui des poules, etc. Et dès qu'elle avait le dos tourné, elle entendait les oies manifester parce que je me retrouvais au milieu, en train de manger ça à pleines mains. Si je vous avouais que j'y aime toujours autant. Quand j'en prépare pour mes lapins, j'ai envie d'en manger… ça me bêle dans le ventre… ça sent bon… je me dis : “Ce que j'en mangerais !” Justement faut que j'en prépare, j'ai du retard, ils doivent tourner en rond. »

Selon son habitude, en quelques enjambées, elle s'est retrouvée près d'un treillis de la cave. Après les avoir tâtées, retournées, elle a trié les plus

1. *Fil de la langue.*

avancées des pommes de terre pour les plonger dans l'eau bouillante d'un grand chaudron.

« Où vas-tu la Yute, avec ta serpette à la main ? De qui veux-tu couper le cou ?

— Suis-moi Caroline. Vois ces orties si elles sont belles ! Hier je m'en suis fait une bonne soupe. Je vais en ajouter à la pâtée de mes bêtes ; elles aussi elles ont besoin de vitamines. Après je les couperai sur le billot.

— Il ne s'est jamais fendu ton billot ? Parce que je me souviens que quand tu fends le bois dessus, tu tapes dur.

— Mais non, mais non, tu vois ben que c'est un tronc en orme ; avec plein de nœuds ; c'est prévu pour ça. L'orme résiste. »

Les pommes de terre cuites, la Yute les a écrasées avec son pilon, les a mélangées aux orties et à du son.

« J'y mets les mains pour mélanger tout ça, c'est mieux réparti et c'est sûrement meilleur au goût. Prends pas cet air dégoûté, gueule fine que tu es. »

XI

C'était avant, bien avant

SON CODE DE VIE lui a été légué. Un rythme tranquille, le même que celui de ses parents, le même que celui de ces gens qui l'entourent, et dans une discipline de fer. On la voit partir tôt le matin avec sa serpette pour le grand nettoyage d'une rangée de vigne à l'autre. Elle sarmente, coupaille à droite ou à gauche. Elle remplit sa brouette d'herbe aux lapins et le panier de pissenlits, prise par une sorte d'ivresse dans le travail et la possession.

Autrefois, dès le retour elle préparait pour « ses » gamins la bonne salade agrémentée de lardons fumés, de pissenlits et d'œufs durs qu'ils dévoraient avant les tartes aux raisins ou aux cerises, que l'été elle faisait cuire dès cinq heures du matin, à la fraîche, afin qu'à l'heure du repas la chaleur de la cuisinière se soit dispersée.

C'est ainsi. Dans un an, dans dix ans, les mêmes gestes. Les jours seront remplis de la même façon saine et tranquille. Le même chapeau la protégera de tous les temps, de tous les vents, de tous les soleils. Le bagout ne tarira certainement pas ; de cela personne ne doute. « J'ai toujours été très bavarde, dit-elle, et dans ma petite tête j'aurais voulu un métier où on parle. Mais à qui parler ? Je voyais le curé en chaire qui pérorait et qu'on écoutait et qu'était jamais interrompu. Ça me faisait rêver. Je rêvais de prêcher et je disais à maman :

“Pourquoi qu'il y a pas de femme curé ?

— C'est pas dieu possible que tu voudrais être curé !”

C'était pour causer, mes enfants ! Parce que je pensais pas qui y avait des avocates, des politiciennes ou autres. À ce moment-là on n'en parlait pas… Ces idées de gamins… »

Dans le monde elle étonne quand elle use de son beau « parlement », un langage très édulcoré et riche en vocabulaire. Elle vous cite même Fontenelle ou Malraux, lit beaucoup et est familiarisée avec force auteurs. Elle enregistre les connaissances de façon infaillible. « Le célibat, ça entretient la mémoire », avance-t-elle à tout propos.

« C'était avant, bien avant, quand tout était possible. Je suis vieille à présent, poursuit-elle. Tous ceux de ma classe sont à peu près partis. J'en ai vu des morts ! Je pourrais en raconter des drames. Il y en avait aussi autrefois, faut pas croire, seulement ça se diffusait moins. On en parlait au soir à la veillée et ça allait d'un village à l'autre. Voyez le suicide de l'oncle Jean ? Juliette et moi on était toutes deux aux premières loges quand on l'a descendu du grenier où il s'était pendu. Quand maman s'est rendu compte de notre présence, c'était trop tard, on avait déjà tout vu. J'avais pas tout à fait dix ans et ma sœur, près de neuf. Comme tous les gamins, on s'était régalées à regarder et après on avait fait nos commentaires. "T'as vu ce qu'il tirait la langue, le tonton Jean ?" Ça nous a pas tellement marquées. On savait pas ce que c'était que la mort… on n'a pas réagi.

C'est la Bujoune qui nous a vues. Après, elle a dit à maman : "Et tes gamines qui regardaient ça." Maman était affolée. "Oh écoute ! Je suis sûre qu'elles ont tout vu ; elles ont rien dû perdre du spectacle, c'est-y pas un malheur quand même ?"

On l'aimait bien le tonton Jean. Si vous voulez, il était pas complètement simplet mais il était pas avancé. Dans son travail par contre, il était très apprécié. Il avait jamais quitté ses parents quand il s'est marié. Dame, il a eu vite fait de divorcer, j'ai encore le papier du divorce à la maison. C'était un pauvre innocent et je peux ben le dire… y a personne ici qui peut nous entendre… il avait pas fait la "découverte"… Il en avait peur. Le mariage avait pas été consommé quoi !… Il s'est affolé, il s'est sauvé au moment crucial. Il a préféré se séparer d'avec sa femme et il a vécu avec mon grand-père. Quand lui a disparu, ça l'a traumatisé comme on dit maintenant. Il venait trouver maman.

"Prends-moi don chez toi, la Thérèse, je tiendrai pas ben de place et pis je pourrai t'aider.

— Écoute Jean, je peux pas te prendre, j'ai pas de lit et je peux pas en monter d'autre. J'ai pas la place et p'tit Jean est à Paris, je suis seule mais attends un peu. Quand il reviendra, on ira habiter là-bas aux Blonds où c'est plus grand et tu logeras avec nous.

— Oh, je pourrai pas attendre jusque-là.

— T'es pas ben malheureux Jean ; tu viens manger quand tu veux. Je m'occupe de ton linge et je te fais tes commissions, je m'occupe de tout. Les gamins vont te voir tous les jeudis, tous les dimanches, t'es jamais seul, sois raisonnable !"

Mais non, il voulait coucher là, lui. Le jour où il s'est pendu, maman s'est mise à pleurer.

"Qu'est-ce qu'il faut que je fasse, qu'est-ce qu'il faut que je fasse ?

— Faut aller chercher quelqu'un pour le dépendre."

Il y avait Cottineau, mort depuis, qui pressurait dans le chemin là-bas en face de chez Mme Pouppard. Il était gendarme mais il exerçait pas à Chateaumeillant. Il exerçait en dehors du Cher. Ça fait que le Bujon est allé le chercher.

"Je suis pas gendarme en fonction, je peux rien faire. S'il était pas pendu mort je pourrais bien le dépendre, n'importe qui d'ailleurs. Mais il est mort et j'ai pas le droit de le toucher, faut que vous préveniez la gendarmerie d'ici, le maire et toutes les autorités ; faut aussi appeler un médecin."

Tout le monde est venu. On l'a dépendu. On a eu bien du mal à le sortir avec l'ouverture du grenier qu'est si petite. Il était tout raide, ils avaient peur de le casser. On l'a mis sur son lit.

Le Marcel Saint-Just est arrivé.

"Ah ben ma pauvre Thérèse, je vais pas te laisser toute seule ; p'tit Jean qu'est pas là. Je vais rester passer un moment avec toi.

— Tu vas ben rester avec moi le veiller toute la nuit ?

— Ah ça par exemple ! Il a passé deux nuits tout seul au grenier au bout de cette corde, il en passera ben une troisième. Enfin je resterai avec toi si tu y tiens, mais c'est pas qu'il le mérite. Tu vois ce bâton-là que j'ai à la main et qui me sert toujours de canne ?... et ben si je me retenais pas, tiens je le tuerais avec, le Jean !!! C'en est un déshonneur pour la famille !"

Où qu'il est le déshonneur, je me demande un peu ! Vous parlez d'arriérés. Ce suicide, ça a été l'acte le plus courageux de son existence. C'est mon opinion et je suis pas la seule de cet avis. Il y a un écrivain autrichien qui s'appelait Peter de son prénom – j'ai oublié son nom – qui s'était mis à admirer sa mère pour son suicide et seulement à partir de ce moment-là ; alors voyez…

C'était ben bête tout ça et pas très délicat de le dire. D'ailleurs le Marcel était pas des plus sensibles. Il s'était permis de faire des remarques désagréables à maman qui était pourtant pas mal secouée. La pauvre, elle était comme moi ; pour l'*étauge* ; obligée qu'elle était d'économiser sur tout ; elle comptait pas le lait puisque c'est la chèvre qui le produisait. Mais pour le reste bien sûr… elle avait fait du café pour la veillée, un jus de chaussette comme le mien, elle comptait les grains de café. Le Marcel lui a dit : "Qu'est-ce que c'est, cette boisson transparente que tu nous donnes, ça a pas de goût ; jette donc ça et fais-moi du vrai café." J'étais jeune mais je m'en souviens, tellement j'avais eu honte et peine pour elle. Il m'aurait fait ça à moi, je crois que je lui aurais envoyé la tasse à la figure. Même chose pour les cierges. Elle en avait allumé deux, il a trouvé que c'était pas assez. Il est allé en chercher trois ou quatre chez lui et en revenant, il a précisé : "T'inquiète pas, tu me les rembourseras plus tard." Il avait vite pris les devants. Maman aurait bien dû se débrouiller pour mettre le feu à sa tignasse, pour le réduire en torche et qu'il aille en enfer. Dame ! elle était sans défense, elle a rien dit, elle avait tant de remords pour le tonton, elle devait penser qu'à ça.

Et ce Marcel Saint-Just dont je parle, il s'est supprimé lui aussi par la suite d'un coup de fusil. Sa tête a éclaté. Il était le cousin germain de mon père. Son père et la mère de Marcel étaient frères et sœurs… Quand je pense que pour l'oncle Jean il avait eu le culot de dire que c'était pas un honneur… C'est Robert qu'est venu nous annoncer ça ; il nous a bien dit : "Vous vous rappelez pour Jean… il pouvait toujours parler d'honneur !"

Les autres autour, ils n'arrêtaient pas de hausser les épaules.

Ce qui avait embêté tout le monde en plus, c'est qu'on enterrait pas les suicidés comme les autres. On les passait pas par la porte bénite. On les passait par-dessus le mur. Voyez cette société, si elle était idiote et hypocrite. Ma mère en était désolée pour le tonton Jean.

"Ce qui me contrarie, monsieur le maire, c'est qu'on va le faire passer par-dessus le mur.

— T'en fais pas ma petite Thérèse, je vais aller voir le curé et je te garantis que ton beau-frère passera par la porte bénite parce que, écoute donc, il était bien un peu simplet. On jouera là-dessus."

On l'a quand même mis dans un carré à part. Dans bien des cimetières on les enterrait pas avec les autres, il y avait pour ainsi dire le carré des suppliciés. Ça se passait en 13. Ma mère a pas été bien pendant longtemps à cause de tout ça. Elle revivait la scène. Elle disait qu'elle la revivait dans son estomac.

Pauvre tonton Jean ! Il avait bien souvent fait rire le monde. Il était pas très courageux tout gosse déjà. Quand il fallait partir à l'école, il avait toujours le temps, lui. Rien que la pensée d'y aller, ça lui coupait les jambes. Sa mère lui disait : "Allez pars ; si tu vas pas à l'école tu seras un âne. Tu veux don devenir comme les ânes à Berger ? Tu voudrais don être comme eux ?" Ça lui était bien égal d'être un âne.

"Maman, les ânes à Berger, c'est des gars de chez nous ?"

Dame ! il était logique !

Et le jour où sa mère lui avait donné rendez-vous au monument aux morts… Elle avait des courses à faire et elle s'était un peu attardée à causer. Il était en larmes quand elle l'a rejoint.

“Qu'est-ce que t'as don mon Jean ? T'es tout rétréci au pied de cette statue.

— Hé ben, j'ai peur du soldat. Il me vise avec son fusil.” »

XII

L'un au STO, l'autre avec les FTP

« VOILÀ QUE LA PAJOTE peut plus se bouger, elle est dans un fauteuil. Ça lui a pris d'un coup. Et dire que son fils est déjà au cimetière, sa belle-fille est loin… Elle a droit à l'aide ménagère, une nouvelle race de parasites ma foi. Comme la mixo qu'a décimé nos clapiers. Comme les petits hommes verts qui nous ont envahis. Voilà ce qu'on nomme les aides ménagères. Elles sèment du désordre partout. On est plus chez soi. Elles chassent la crasse qu'on a si bien entretenue. On doit prendre d'autres habitudes, presque marcher sur la tête pour pas salir les carreaux, pas regarder dehors pour pas salir les vitres, pas tirer sur le rideau pour pas le froisser. Faire des buffets froids à cause de la cuisinière. C'est grand temps de lever l'étendard de la révolte. Par pitié, qu'on nous laisse en paix, les vieux. On fait bon ménage avec nos araignées, nous. Et toutes ces contraintes, c'est ben trop cher pour nos petits moyens.

Dame ! la Pajote, je l'aiderai bien un peu tant que je pourrai. J'irai souvent la voir, elle est pas loin. Elle a été si chic pendant la guerre quand mes deux gars (ceux de ma sœur décédée que j'ai élevés) étaient je ne sais où. L'un au STO, l'autre au diable avec les FTP. Il m'en avait fait un joli tour ce jour-là, le jour où j'ai trouvé un mot sur la table : "Ne t'inquiète pas ta-Yute, je suis parti pour Royan." Les bras m'en sont tombés... Royan... j'ai tout de suite compris, j'ai fait le rapprochement avec les FTP. Et surtout avec celui qu'en était le chef dans la région, le recruteur, mon cousin éloigné André qu'avait dû lui monter le coup. Je suis aussitôt allée le retrouver pour l'engueuler et voilà pas qui me prend de haut, qui me sort : "N'oublie pas que tu parles au capitaine Briard.

— Des capitaines comme toi, j'en fais tous les matins."

Non mais ! On avait été élevés ensemble et il s'amusait à faire le malin avec ses galons. Ah ça par exemple !

Ce que je me suis fait du souci pour mes deux gars ! Son frère, lui, a bien été bourlinguer jusqu'en Silésie et je savais pas ce qu'il était devenu. Mais il l'avait pas cherché. Il s'était caché quand les Allemands avaient voulu l'enrôler pour le travail obligatoire en Allemagne, mais il a été dénoncé. Quelle expédition après ça ! Lui qu'avait jamais quitté le village des Blonds que pour aller travailler à Boussac.

Au départ, il a d'abord été envoyé en Allemagne, mais tel qu'on le connaît, bien vif, ben coléreux – il tient de moi –, il a pas tardé à s'empoigner avec un imbécile de gardien. Du coup il s'est retrouvé en Silésie. Il dit que là il en a pas trop bavé. Il était avec beaucoup de Juifs, c'est eux qui prenaient, ces pauvres gens. À la fin de la guerre il avait été transféré à Cracovie et libéré par les Russes en janvier 45. Il a dû y rester quelque temps, perdu avec quinze Mongols qui parlaient pas un mot de français. Alors il chantait avec eux. Mon neveu se laissait même embrasser sur la bouche pour le bonjour. Que veux-tu, il pouvait pas les vexer !

Un jour il s'est échappé jusqu'à Varsovie, jusqu'à l'ambassade de France où il s'est fait engueuler comme du poisson pourri par des officiers français, ma foi plus propres que lui, tout ça parce qu'il avait pas le droit de prendre de telles initiatives. Qu'est-ce qui fallait pas entendre ! Sur ce, il a rencontré des Catalans qui l'ont entraîné jusqu'à la mer Noire : “Viens avec nous, il y a des bateaux qui partent.” Mais quand sur place il a appris que des bateaux avaient déjà sauté en mer, il a renoncé. Ç'aurait été trop bête de mourir ainsi après en avoir tant bavé.

C'est là qu'il est reparti sur Cracovie puis sur Prague où des forteresses volantes américaines les rapatriaient. Mais manque de chance, comme on les enregistrait par ordre alphabétique et qu'il se trouvait à la fin de la liste, il a regardé la dernière forteresse s'envoler, ils étaient si nombreux. Retour à Prague. Ensuite les Américains l'ont ramené jusqu'à Strasbourg, puis à Paris où il a été parqué au Vel d'Hiv quelques jours avec les autres. Puis le train au bout de trois jours, mais jusqu'à seulement quinze kilomètres du village. Le reste, il l'a fait à pied.

Si vous l'aviez vu !... Quand je l'ai aperçu de loin dans le chemin, je me trouvais avec mon père, on l'a pas reconnu. J'étais étonnée et j'ai dit : "Qu'est-ce que c'est ce comédien ?" Il pesait quarante-cinq kilos. Un cadavre ambulant. Il était toujours aussi gai malgré tout ! Il chantait à tue-tête. Dame ! les deux frères avaient des voix de ténor, je l'ai pas inventé, tout le monde en convenait. Il fallait les entendre quand ils s'égosillaient en duo ! Ils valaient ben tous ces chanteurs de quat' sous qu'on entend à la radio.

Mais où donc j'en étais ? Ah oui, je parlais du retour des chantiers de jeunesse... Il était bien maigre mon gars ; maigre à faire peur. Mais il était si heureux ! Il trouvait tout merveilleux ! Il fallait le voir caresser les poussins, les lapins. Entre nous, il avait peut-être pensé ne plus revoir tout ça. C'est à ça qu'il devait songer quand il serrait aussi fort la tête du Bibi. Et c'était plus un gamin. Il avait souffert. Il avait mûri. Il me critiquait plus. Il trouvait que je m'étais bien débrouillée entre les champs, les vignes, le jardin. “Tu t'es bien battue”, qu'il disait.

Mais il lui en a fallu manger, de mes lapins et de mes fromages blancs, pour se retaper avant de pouvoir aller faire le joli cœur en ville. »

XIII

Il m'est tombé des héritages

« APRÈS TOUT ÇA, il m'est tombé des héritages, mais chaque fois ça m'agaçait. J'ai même hérité d'une cousine dont j'ignorais l'existence, jusqu'au jour où j'ai reçu cette convocation du notaire. "Voulez-vous passer à mon étude au sujet de Mlle Marie Abriout, votre cousine, dont vous êtes l'héritière ?" Ah ben j'ai pensé, les notaires m'en veulent, depuis quelque temps.

"Bujoune, je suis convoquée à l'étude pour un nouvel héritage en perspective.

— Ça par exemple, ça a l'air de te faire plaisir les héritages, toi !

— J'en sors plus. J'ai plus qu'à travailler pour payer les droits de succession et qui c'est cette cousine, je la connais pas, ils ont ben dû la sortir des fagots ?

— Tu la connais peut-être pas, mais c'est la cousine germaine de ton père.

— Mon père m'en a jamais causé ; faudra que je lui demande à son retour des champs.

— Bien mieux, ta grand-mère, la Marie, était sa marraine."

Mon père a confirmé.

"Je savais pas qu'elle était encore en vie. Elle a travaillé toute sa vie en tant que femme de chambre chez des banquiers à Paris."

Ils lui ont fait placer ses économies en bons – du reste j'ai hérité que de bons. Bref cette cousine-là, je l'avais jamais vue. J'ai hérité ensuite de tonton Morau et de mon père. Pour la Marie, j'ai dit au notaire que je préférais renoncer à la succession.

"Mais si vous renoncez, vous payez.

— Ah ben voilà autre chose !

— Pour renoncer à une succession il faut payer ; je ne vous engage pas à refuser."

J'ai donc pas renoncé et puis j'avais mes deux neveux héritiers par la suite. À vrai dire, tout ça, ça me glaçait le sang, cet argent autour de la mort.

Comme disait la Bujoune, Toine, son mari, il était radical ; mon père affirmait "radican" et il en démordait pas. Le radicalisme à l'époque, c'était presque le communisme de nos jours. Eh ben le Toine disait toujours : "Nous, les gueux, on est pillés." Tu vois, on me pillait si je renonçais aux successions. Ah ce Toine ! Mon cousin Fusibet se régalait à le mettre en boîte. Et il riait, il riait... ! Devant lui il prenait chaque fois mon père à témoin :

"Dame ! il est pas sot ce gars hein, p'tit Jean.

— Il en est loin !

— Et il a des idées originales et avancées.

— Pour sûr !"

Le cousin continuait à se moquer du Toine, à le flatter. Lui se rengorgeait ou faisait semblant. Jusqu'au jour où après un long silence, le Toine l'a regardé de haut et, le plus calmement du monde, il lui a sorti que s'il avait plus qu'un œil il voyait bien clair des deux ! C'est le cousin qui s'est trouvé bête. Il en était resté bouche bée. Il était reparti la tête basse en nous laissant son odeur de renfermé, mêlée à celle de l'eucalyptus qu'il fumait pour ses bronches. »

« Mon pauvre père ! Il riait de bon cœur dans ces moments-là ! C'était rare. Il avait été abasourdi par la mort de la mère. Il s'était enfermé avec son chagrin comme avec un gousset. Et il en était honteux comme d'une dette.

Ce jour-là, le père était allé se terrer dans un coin de la grange, tout au désordre de ses pensées. Il lui faudrait souffrir l'absence. Il allait être dur, l'hiver. La tête entre les mains, il avait réfléchi à l'absurdité de son existence. Puis il s'était mis à sangloter, aspirant l'écoulement généreux comme s'il aspirait la vie.

Il avait beaucoup à se reprocher… son mutisme, sa dureté, son manque d'attention envers elle, si dévouée, et qui trouvait tout beau, tout bon. Il se rappelait certains détails. Les jours où il fuyait. Où il la fuyait, tout comme, enfant, il fuyait sa mère. Deux petits animaux que l'on sème en chemin et cela, chaque fois qu'il était au bord de l'attendrissement, au vu d'avances timides et tendres, et de gestes câlins… Une brute, voilà ce qu'il avait toujours été, une brute avec des mains calleuses, aussi rugueuses que son âme. Il les contemplait, les retournait. Les pleurs les avaient trempées. Il mollissait dans le torrent qui roulait de ses yeux, qui les lavait, les ouvrant tout clairs sur elle. Sur sa sagesse sans faille. Sur la tendresse avec laquelle elle les couvait du regard, ses enfants, et lui. Alors il faisait le bête, il regardait ailleurs.

Et son courage donc ! Avec quel héroïsme elle s'était levée, grosse de la Jeanne, quand le tocsin avait sonné en pleine nuit pour annoncer l'incendie de la ferme de La Perche ! Et sa course sous le fouet de l'angoisse et de la compassion. Elle s'était jointe aux autres, dans la chaîne pour les seaux d'eau tirée des citernes. Elle les faisait passer avec l'énergie d'un homme, dans l'oubli d'une journée précédente harassante et de celui du poids de l'enfant. Elle était bien différente de la timorée de petite-nièce installée dans "l'événement" comme dans un baldaquin.

Il fallait sauver cette ferme, il fallait la sauver à tout prix. Éviter la ruine d'une famille. Ça n'est qu'à cela qu'elle avait pensé sa vieille, devant des poutres carbonisées et l'un des bâtiments qui déjà flanchait. Elle rayonnait dans la lumière des flammes que ses mouvements rapides balayaient par intermittence, avec les ombres des longues mèches délivrées du chignon. Elle souffrait des cris d'obsédés du bétail en détresse qui se dispersait aveuglément au-delà des portes tôt ouvertes afin qu'il fuie au plus vite l'atmosphère empesée de fumée, et la lourde odeur de brûlé.

Il ne se lassait pas, le tocsin, le même qui avait annoncé la guerre. Lui était jeune encore, quand il avait fallu tout abandonner pour partir au loin avec les gens du pays. Il avait laissé la frêle épouse en pleurs. Il était parti avec à peine un mot de réconfort. Sans même une caresse, il s'en souvenait. Il ne savait pas parler ce langage de la tendresse, parfaitement inutile. Elle aurait dû l'y obliger. Des cadeaux, ça, il aurait su, mais il était trop pauvre. Il l'avait laissée, son grand mouchoir dans la main, pour aller chasser le Prussien. Sur elle, il ne s'était retourné qu'une fois pour la voir l'agiter de loin tel un maigre drapeau. Il était coupable. Le ciel lui serait interdit. Il avait allongé le pas. »

« Dame ! ces questions d'héritages, ça entraîne toujours des histoires même chez les gens les plus unis. C'est aux dernières vendanges chez le Jean Mondif que j'ai eu une altercation à ce sujet avec d'autres. Il y avait entre autres la Charlotte Fournier qu'est morte depuis, et puis ma cousine Abriout qu'est morte aussi, et ma cousine Aline. Elle parlait un pointu snob et toutes les trois discutaient de la succession de leurs parents.

"Oh moi, j'ai bien été volée avec ma sœur, j'ai pas eu le beau rôle.

— Y a pas que toi, moi aussi j'ai été volée."

Et patati et patata. Elles ont ergoté là-dessus pendant au moins une demi-heure et à tourner comme des totons. Les oreilles commençaient à me chauffer, si bien que j'ai fini par leur dire : "Mesdames écoutez, changez donc de conversation ! Mon Dieu, vous parlez que de vols mais vous étiez présentes au moment des partages. Si ça vous convenait pas, vous aviez qu'à refuser. Pourquoi remettre ça sur le tapis ? Et puis, les biens de la terre… parlez don plutôt d'amour…

— Comme si tu savais ce que c'est l'amour toi, tu peux ben en parler, vieille fille que t'es…

— Ah je ne sais pas ce que c'est que l'amour ?… De quel amour tu parles, toi ? de l'amour laid… ? Moi je parle de l'amour du bien, de l'amour du beau, l'amour du grand."

Ça lui a coupé le caquet. J'en ai eu la paix pour quelque temps. Parce qu'elle me cherchait sans arrêt. Elle devait m'avoir dans le nez. Elle m'asticotait avec mes gamins qui m'étaient confiés. Elle, elle en avait un, le Jeannot. Il avait deux ans quand elle l'a recueilli et bien sûr elle le traînait partout où elle allait, même aux vendanges ; des petits, on peut pas les laisser seuls, surtout quand ils sont pas à vous. Ces jours-là, on mangeait aux vignes. On mangeait sur place pour gagner du temps. Elle, elle charriait le manger, le gamin, tout sur son vélo. Je trouvais qu'elle avait du courage de venir de si loin avec tout ça, elle se crevait.

Un jour, le moment venu du repos – c'était pas bien du repos car on était mal installés, qui sur des sarments, qui sur des fagots, qui sur des sacs de pommes de terre – je vois-ti pas son gosse qui s'amuse avec un pot de chambre ?...

“Qu'est-ce qu'il fait donc ton petit là ?... Il a trouvé un vieux pot de chambre ; faudra que tu lui laves les mains à présent.

— Ma fille, c'est pas un vieux pot de chambre comme tu dis. C'est son petit pot. Je lui ai apporté. Il ferait pas, sans ça...

— Alors toi t'en as de bonnes ! Non seulement tu traînes le gosse, le pain, le déjeuner... mais tu rajoutes le pot ! T'as donc pas lu *Y faut purger bébé* ? Tu l'as donc jamais vu jouer !

— Dame ! non !

— C'est pas possible ! T'as jamais entendu à la radio *Y faut purger bébé* ? Et je vais te dire une chose. *L'amour c'est un feu qui dévore, mais l'envie du cabinet c'est encore pus fort.*

— Non."

Pourtant on l'entend assez souvent à la radio, cette histoire du gosse qui voulait pas se purger. La maman, le papa, la nourrice, la sœur, les cousins, personne pouvait lui faire avaler cette purge. J'abrège parce que c'est une histoire qu'est longue, un machin qui dure au moins une heure. En désespoir de cause, la maman téléphone au médecin.

"Docteur, le petit va pas mieux et je peux pas lui faire prendre sa purge.

— Il faut absolument qu'il l'avale, il y a pas d'autre solution. Vous devriez avoir assez d'autorité pour l'obliger à la boire.

— Il veut pas. Pouvez-vous passer à la maison ? il vous écoutera peut-être ?

— Je viens. Avec moi il la prendra, n'ayez crainte."

Ça fait que le docteur arrive ; il prend bébé sur ses genoux :

"Si tu ne prends pas ta purge, je te fiche la plus belle fessée que t'aies jamais reçue ; la prendras-tu ?

•

— Oui je la prendrai votre purge. Mais je chierai pas."

Comme j'ai dit à l'Aline : "Voyons Aline, mais voyons ! Une bonne rossée à ce gamin et tu verras !"

Son Jeannot était devenu plus souple en grandissant mais il était quelconque... ni bête, ni intelligent... Il était moyen, un bon p'tit gars c'est tout. Il a passé le certificat d'études en même temps que mon Bruno que j'avais en pension. Lui se vantait pas. Son maître d'école avait pourtant dit que c'était un gosse très intelligent mais sauvage, renfermé. On voyait bien que c'était un enfant marqué, apeuré. Quand il est revenu de l'examen je lui ai dit :

"Alors, ça a marché Bruno ?

— Oh je sais pas ta-Yute.

— Continue à faire l'idiot... Avec ça que tu sais pas si t'as bien travaillé ! Si t'as su ce qu'on t'a demandé.

— Je pense, mais je suis pas sûr.

— T'es jamais sûr de rien. Tu m'agaces tiens ! Mange donc, tu seras peut-être mieux après."

Quand il est reparti, il m'a demandé :

"Dis, ta-Yute... viendras-tu ce soir aux résultats ?

— Bien sûr mon gars que j'irai, mais me fais pas l'affront d'être recalé parce que si t'étais pas reçu, la ta-Yute serait bien vexée !

— Je ferai mon possible, tu sais."

Il était pas vantard et il l'est toujours pas.

Le soir je suis descendue un peu en avance, vers 16 heures pour les résultats mais je pensais que je trouverais bien là-bas d'autres femmes à qui causer. L'Aline en me voyant passer m'a demandé :

"Où que tu vas la Yute ? Vas-tu déjà pour les résultats du certificat ?

— Oui… justement…

— Attends-moi donc, je vais y aller ; mon Bruno, il y compte bien.

— Le mien aussi.

— Penses-tu qu'il soit reçu, ton gars ?

— Je l'espère ! Il peut. Il a l'étoffe.

— Mon Jeannot a dit qu'il était bête, ton Bruno.

— Mon Bruno est bête ?…. Ah ? Il en a peut-être l'air mais il est loin de l'être, tu m'entends ! C'est un enfant inquiet, mal dans sa peau. Quand je l'ai pris il avait onze ans ; il était martyr. Passer le certificat à douze ans, c'est jeune. En un an, il a dû rattraper pas mal de retard et il a à peine eu le temps de se ressaisir. On verra bien.

— En tout cas mon Jeannot a dit qu'il était bien bête."

J'ai rien dit ; j'ai pas voulu la choquer. J'y ai pas dit que le sien était pas plus fin, rien du tout. Dame ! j'étais sûre de ce qui l'attendait.

On a continué à causer jusqu'au moment des résultats. Le directeur s'est présenté et il a commencé à donner le nom des reçus par ordre alphabétique parce que les autres, on n'en parle pas. Voilà le nom de son Jeannot qui sort.

"Il est reçu ! Il est reçu !"

Elle était là qui s'exclamait, qui déblatérait.

"Tais-toi ! Cause pas si fort, j'ai pas causé jusqu'à maintenant. Alors laisse arriver au nom du mien ; que j'entende s'il sort... Bon, ça y est, il est reçu ; tu peux causer."

J'en ai pas dit davantage... Et voilà mon Bruno qui arrive...

"T'es contente ta-Yute ?

— Oui ! Au moins tu m'as pas fait honte et j'aurais été vraiment déçue, d'autant plus que je te sais capable."

Les gosses ont alors été rappelés pour les récompenses. Le Jeannot, il avait rien, pas de mention et le mien, eh bien vous savez pas ?... Il était reçu le premier du canton. Il est arrivé avec des livres de valeur. Entre autres, un concernant la faune sous-marine, très intéressant. Et puis ce beau geste de gosse...

"Tiens ta-Yute, c'est pour toi parce que c'est grâce à toi si je suis reçu.

— Mon imbécile, Aline... Tu vois mon imbécile qui devait être recalé ?

— Il est peut-être bien pas si bête que ça.

— Qu'est-ce que tu en savais toi ?"

Il a buté plus d'une fois sur ses devoirs, pauvre gosse. Je le voyais souffler, soupirer, passer bien du temps. Il osait pas toujours me dire pourquoi.

"Y a longtemps que t'es là ; t'as donc pas fini mon Bruno ?

— Non...

— Où tu butes ? Où ça accroche ?

— Je sais pas faire les divisions à chiffres décimaux.

— C'est pas bien difficile. C'est simple comme bonjour ce que t'as à faire mon petit gars, mais si t'as jamais appris... Je vais t'expliquer."

Il a eu vite compris, il avait vite tout compris et je lui ai dit : "Au lieu de buter, de t'acharner, demande-moi. Je pense pas que je pourrai te suivre bien longtemps mais tant que je pourrai... Je te préviens que je ferai pas ton travail. Mais je te mettrai sur la voie. Faut qu'un petit coup de pouce quelquefois."

Après ça, c'était plus rien pour lui, les divisions à chiffres décimaux. Son maître trouvait qu'il faisait des progrès à pas de géant, que c'était un de ses meilleurs éléments. Et si gentil ! Pas bruyant, rien... Eh bien celui-là, la Bujoune avec sa langue d'aspic, elle a jamais rien eu à me rapporter de mal sur lui. Toujours sage comme une image. »

La Bujoune… Caroline et les autres la détestaient. Elle se trouvait toujours là quand il ne le fallait pas, à balayer le quartier de ses vilains yeux de fouine rendus plus perçants encore grâce à ses verres accrochés à leur monture en fer. Une vraie méduse avec des yeux jusqu'au dos. Elle surprenait les gamins dans leurs forfaits, notamment lorsqu'ils allaient faire peur à la Louve ou qu'ils la suivaient dans le chemin en criant « Hou, hou ! » La Bujoune rapportait au plus vite son butin de ragots à la Yute ou aux parents dans l'ignorance, salivant de plaisir à la pensée des sanctions à venir. Elle savait tout. Elle était la hantise des gamins, leur obsession… « Gaffe la Bujoune… »

Elle avait une façon perverse de se hisser sur la pointe des pieds pour fourrer sa tête curieuse et malsaine au ras de son mur, afin de capter tout ce qu'elle pouvait des faits divers et des secrets du village « Regardez, elle est encore là. » Elle ricanait. Pour elle, le mal se cachait partout. De l'ombre de la parole la plus anodine, elle sortait un méchant message. Derrière le geste le plus désintéressé, le plus gratuit, elle imaginait l'intention inavouable. Pour les enfants elle représentait le mal suprême et ils étaient bien contents, à l'heure où elle se rendait dans quelque champ, à tricoter ou à coudre des boutons auprès de sa chèvre qui broutait. Elle leur fichait la paix pour plusieurs heures. Caroline se vengeait en la croisant, la toisant sans jamais la saluer… « Dame ! tu en rabattras ben ma fille », lançait la Bujoune à la gamine qui se redressait de plus belle.

« Tu te rappelles ta-Yute, comme elle me détestait ?

— Dame ! oui Caroline ! Et tu lui rendais bien ! »

XIV

Elle poursuit ainsi

« Mais je cause, je cause. J'en ai le gosier tout desséché. Si on se payait un petit cassis maison ? Faut que je vous en donne la recette. Dame ! je serai pas toujours là pour vous en faire.

Alors voilà… Je ramasse mes cassis et puis je les écrase à fond avec un pilon. J'y couvre de bon vin rouge et j'y laisse quarante-huit heures au frais dans la cave. Ensuite, je presse le tout dans un linge pour en extraire le jus mais pas un tissu serré, parce que c'est dur ; il faut appuyer fort. Ensuite, je mesure le sucre avec la mesure à lait de la Pajote ; trois cents grammes par litre de jus et j'y mets cuire dix minutes en tournant sans arrêt pour que ça attache pas. Quand c'est refroidi, j'ajoute deux verres d'eau-de-vie par litre de jus. Faut attendre au moins deux mois avant que ce soit bon au goût. Je vais vous en donner un litre mais ne vous amusez pas à le boire tout de suite, gueulardes que vous êtes ! Il est bien trop frais. Dame, Gérard en est gourmand lui aussi. Mon père aussi en était gourmand.

Demain, c'est lundi de Pentecôte, jour de la foire aux mules à Lignères. Sûr que j'aurai sa visite à Gérard, il en manque pas une. J'en ai vu qu'une, de ces foires, c'est lui qui m'avait emmenée, en 87 je crois, mais j'irai plus, ça m'avait trop fatiguée. C'est la foire aux Grands Noirs comme on les appelle, des vraies stars chez les ânes, de la race de celui que j'avais, mon Bibi.

Dame ! il était beau avec sa robe baie et son museau gris blanc. Et affectueux avec ça. Tous les enfants qui sont passés chez moi en étaient fous ; il réclamait la tendresse. Moi je les laissais faire, ça faisait du bien à la bête et à l'enfant. À cette heure il faut des psychologues, des associations, des tas de complications. Vous parlez ! Ici on mélangeait tout, sans calcul, sans étude. Le travail, l'affection ça suffisait. On donnait, on recevait. La nature, elle était là qui se servait quand elle avait besoin.

Je crois ben qu'il y en a plus beaucoup de ces Grands Noirs. Il paraît que des gens sont en train de se battre pour le consacrer. Ça, c'est une très bonne chose et je leur en dis grand merci pour mon Berry, car c'est de chez nous qu'il est originaire et c'est chez nous qu'il y en a le plus. Dame ! cet âne est fort et courageux pour les labours et le travail dans les vignes. Il y a encore des agriculteurs qui s'en servent, ils préfèrent la traction animale pour leurs carrioles et le travail dans les vignes. Avez-vous remarqué de ces Grands Noirs dans des scènes du film *Jour de fête* tourné à Sainte-Sévère ? C'est pas ben loin d'ici. »

« Revenons-en aux psys. Il y a du bon quand même dans ce qu'ils font. Un jour, le psychiatre m'a parlé d'une Dolto ou un nom comme ça. De sa science, etc. ; et ça m'avait bien intéressée. Je me suis payé un de ses livres, le titre me revient pas. C'est une grande psychanalyste qui s'était spécialisée dans les nourrissons, je crois. Elle a eu trois ou quatre enfants qu'elle a tellement observés, étudiés, qu'elle en a tiré des données pas idiotes du tout ma foi. Un nourrisson, ça écoute tout, ça comprend. Il faut lui parler, le caresser, l'habituer à la famille. Quand je pense de quelle façon on nous isolait !... Déjà ce grand lange qui nous coinçait les jambes, ces trois épaisseurs de brassières, ce fichu de cou et encore le voile au-dessus du berceau, c'était pas bien malin ! Mais en plus, il nous fallait pas trop de lumière. Pas de bruit. Et j'en passe. Comment qu'on n'a pas tous été cinglés, je me le demande.

On était quand même un peu coincés. Oh pas besoin de rire, j'ai bien compris ! Mais je parle pas de moi. Avec mon bagout j'ai jamais été coincée, personne ne me faisait peur. J'étais bien obligée, je devais me battre. Dame ! une femme seule… C'est qu'on nous faisait pas de cadeaux !

À cette heure, les femmes ont pris leur place malgré ce qu'elles disent. Elles savent se défendre. On les écoute. Y a qu'à voir à la télé, il y en a que pour elles !… Et je déride les joues avec ça, et je fais briller les yeux, et je te tire sur la peau, et je te gomme les coudes avec ça. Les jambes, les fesses qu'on remonte, tout y passe. Qu'elles disent pas qu'elles passent après les hommes ! Elles ont pas connu l'époque de mes parents et même la mienne. Les femmes, c'étaient des esclaves. À la cuisine et au moulin. Pire qu'avant Jésus-Christ. Quoique je dis des bêtises, il y a des tribus où c'est le matriarcat. Il y a eu des époques aussi. Chez nous et ailleurs. C'est un peu pour tout pareil. Comme avec les transsexuels. On en fait tout un plat maintenant. Il y en a toujours eu, et des célèbres. Le chevalier d'Éon, un diplomate qui se déguisait en femme. Aussi un abbé à la cour de Georges XV.

— Tu en connais des choses !

— Dame ! je lis, Caroline. Ça occupe mes soirées. Et je retiens tout, mémoire de vieille fille. J'ai remarqué que la télé avant de dormir, ça m'énervait. Mais à propos des femmes, c'est vrai qu'elles ont pas toujours eu le beau rôle. Quand je pense que sous l'Ancien Régime, beaucoup de femmes pauvres se faisaient passer pour des hommes en s'habillant à leur façon. Comme ça, elles avaient droit aux boulots qui leur étaient réservés.

Il leur fallait du cran quand elles se déguisaient en soldats pour suivre l'amoureux à l'armée. Le plus souvent c'était par héroïsme, même chez les nobles. Aux guerres de religion, à la Révolution. Elles avaient du courage, ces femmes. Mais l'événement passé, comment que l'armée les a balayées, les femmes-soldats ! À cette heure on les recrute. Je suis pas bien d'accord avec ça, mais s'il y en a à qui ça plaît... Rien ne dit qu'elles choisissent toutes la carrière militaire par passion. Y a la misère aussi qui les pousse. Et puis après tout, c'est peut-être pas plus dur de sauter les haies fusil à l'épaule que d'accoucher.

— Tu sais ça, toi, Sainte Vierge ?

— Parfaitement ! Et fière de l'être ! »

Elle poursuit ainsi, intarissable, infatigable, pendant des heures. Le chat, indifférent, ronronne au creux de sa blouse, le museau enfoui dans sa chaleur, le corps plié aux caresses de sa maîtresse. Car lorsqu'elle quitte l'inusable tablier bleu, elle choisit la blouse, sa tenue de rechange, sa « robe d'hôtesse ». Deux ou trois lui suffisent. Toujours nettes. Bien repassées lorsqu'elle les sort de l'armoire. De ces tenues ingrates qui vous détruisent la plus émouvante des silhouettes.

Elle les réserve pour les occupations de détente car elle ménage ses quelques robes de mauvaise qualité. Trop souvent lessivées, elles perdraient vite de leur lustre. Et pour répondre aux siens qui lui reprochent son manque de coquetterie, sa répugnance apparente à se mettre en valeur, avec humour la Yute abonde dans leur sens… Plus tard, beaucoup plus tard, à ce sujet elle a reconnu : « À quarante ans, j'étais comme les autres, j'aurais ben aimé de belles robes, faire la coquette. Mais quand on a pas les moyens… Le père des deux garçons m'envoyait pas un sou pour les élever. Je me débrouillais, il s'en est jamais inquiété. Ces deux-là, il fallait que je les aime ! »

Elle se moque d'elle-même avec eux tous. De son manque de féminité. Tous ceux qui profitent aveuglément de générosités dont elle ne se vante pas. Son chat, lui, doit bien le savoir. Il est sans doute son confident en même temps que son petit à elle. Il a une telle façon de s'écraser sur ses genoux, tellement abandonné. Son poids lourd tire sur les côtés de la blouse et la fait coller aux cuisses de sa maîtresse qui ne peut plus faire un seul mouvement des jambes. Elle s'en garde bien, elle est si heureuse de ce ronron qu'elle semble ne vouloir pour rien au monde interrompre.

Avant de lui sauter sur les genoux, il l'interroge du regard. Il demeure à ses pieds, rétréci et perplexe. Ou bien elle l'approche de son cœur, à deux mains, dans un élan compulsif. Et tandis que de la droite, elle le tient contre elle, c'est de la gauche qu'elle le caresse tel un sac de lingots. Car elle est gauchère et avance cette particularité comme un avantage. À tous propos, elle met l'accent sur ce qui la différencie des autres, elle y prend un malin plaisir.

« Mon chat “Beauté”. “Mes” enfants. J'y reviens continuellement… Ils m'intéressent… Je m'amuse, moi, avec eux… Ou plutôt je m'amusais parce que des enfants j'en ai plus, je suis trop vieille pour m'en occuper. Je suis bien intéressée par quelques émissions à la radio ou à la télévision, mais ça me fait pas vibrer. Pas autant que ces petits. »

Les gros verres de lunette pourraient bien exploser sous les flammes malicieuses du regard de la Yute. Des frissons d'espièglerie soudains troublent la peau de pêche qui ne veut pas se flétrir…

« Mon Georges ! Ce qu'il a pu nous faire rire celui-là ! Il nous faisait de ces réflexions ! On avait une station d'étalons pas loin d'ici et tous les ans au mois de mars, c'était la période des arrivages. Le palefrenier avait un gosse de son âge et tous les deux allaient à l'école ensemble. Ils étaient aussi copains que les cochons. Ça fait qu'un soir il rentre tout excité.

“Ta-Yute ! Ta-Yute !

— Qu’est-ce que tu as que t’es tout énervé ?

— J’ai vu de beaux chevaux, tu peux pas t’imaginer !”

Mon père était là qui lisait son journal…

“C’est au moins des étalons que t’as vu ?

— Oui grand-père. J’ai vu des étalons. Ils sont beaux ! Ils brillent ! On croirait qu’ils sont cirés.

— Mais ils le sont !

— Ah ?

— Parfaitement ! Cirés au *Lion Noir*[1] des cuirs.

— Et il a ses pattes bien brillantes.

— Ses sabots sont aussi cirés.

— Ils sont si beaux que je les ai caressés.

— Allons bon ! Mais c’est des chevaux qui sont méchants. Il faut pas y aller.

— J’étais pas tout seul. J’étais avec mon copain et son papa.

— Va jamais les voir sans le papa, Georges, tu m’as compris ?”

Depuis longtemps, je lui reprochais d’avoir aucune aptitude, aucune passion. Il savait jamais ce qu’il ferait plus tard ; il avait toujours le temps. Mais ce jour-là, il avait trouvé sa vocation.

“Tu sais pas ce que j’ai trouvé comme métier ?

— Ça t’a donné une idée ?

— Ben oui.

---

1. *Marque de cirage.*

— Alors, dis-nous…
— Je serai étalon !
— Oh bien, elle sera belle la race !”
Mon père, que j'avais rarement vu rire, en pleurait.
“Dis-moi, Georges, c'est palefrenier que tu veux dire ?
— Peut-être grand-père, mais je dirai plus rien. Tout le monde se moque de moi.”
Il est à la retraite maintenant mais il a oublié de nous montrer ses talents d'étalon ! J'aurais bien aimé avoir un petit héritier mais faut plus y compter. Remarque qu'il avait de la personnalité ; tout comme moi ! Ça me fait penser à un de mes cousins qui me disait toujours : “Toi, avec ton sale caractère !” Dame ! je lui répondais : “Ça, j'ai un sale caractère… C'est la vérité… Mais j'en ai… Toi pas… T'es aussi plat qu'une limande… Moi je sais ce que je veux… toi tu le sais pas. J'avoue que je frise l'entêtement mais avec des gens entêtés on n'ignore pas où on va. Avec toi, on sait jamais. On croirait toujours que tu vas tout bouffer, tu bouffes rien. Et t'es aussi bête que t'es grand. Tu vois la mesure.”
Souvent il causait dans le chemin avec le père Bujon, et quand ils parlaient politique, il était plus radical que lui. Avec d'autres aussi, mais il en pensait pas un mot. D'ailleurs le père Bujon l'aimait pas trop. Il l'avait surnommé “Chie dur”.

Il disait de lui : “Si t’as besoin d’une merde, t’as qu’à lui attacher un panier aux fesses.” Il fallait l’entendre. De plus, il bégayait.

“Hé toi ! Est-il là, Georges ?

— Non. Si c’est de lui que vous avez besoin, je peux lui faire la commission ?

— Tai tai, ben voui. Je venais lui dire ; tu sais ben… je venais lui dire… ce que je vais lui dire… Et pis écoute donc ! J’aime mieux te dire que je te dirai rien.” »

« Il y avait quelques figures légendaires dans le coin. Des phénomènes… Je pense au Francis Ducout, ce petit homme si sympathique qui s’exprimait toujours en bon français. Il possédait un grand domaine et sa richesse faisait pas tache au milieu de nous autres pauvres, il était si simple. Il se mettait à la portée de tout le monde sans distinction. On avait toujours l’impression qu’il cherchait à s’excuser pour ses privilèges. Il avait fait une sacrée plaisanterie aux Boches en 40 au moment où ils réquisitionnaient les chevaux et tout, quand est passé l’ordre de présenter sur la place du marché tous les ânes et chevaux du pays et de la région ; tel jour de telle heure à telle heure. Je comprenais pour les chevaux à cause de la cavalerie. Mais les ânes…

Voilà donc mon Francis Ducout qu'était un farfelu, spirituel au possible, qui arrive tout guilleret à la maison pour consulter mon père.

"Eh bien p'tit Jean ? As-tu reçu la convocation pour ton âne ?

— Oui.

— Qu'en penses-tu ?

— Faudra bien qu'on y aille, que veux-tu ? On est convoqués.

— Eh bien nous irons.

— Tu y mènes ta Manette ?

— Nous irons ensemble.

— Si tu veux, Francis !"

Sa Manette était un petit âne haut comme ça et qui m'arrivait un peu plus haut que la taille ; une bourrique en l'occurrence. Le comité d'accueil militaire était composé de gamins d'environ vingt à vingt-cinq ans qui ont bien ri quand ils ont vu arriver ces deux vieux flanqués de leur âne : mon père avec le Bibi, qu'avait à peu près dix-huit ans, et le Francis avec sa Manette. Ils ont aussitôt dressé l'état civil des bêtes, date de naissance, nom du propriétaire, etc.

Mon père est passé le premier. Les autres n'y connaissaient rien du tout, il s'en est bien rendu compte.

"C'est une ânesse que vous avez ?

— Non, c'est un âne.

— Son nom ?

— Bibi.

— Quel âge a-t-il ?

— Une vingtaine d'années."

Et il a signé la feuille.

"Tout va bien, grand-père. Au suivant."

Et à Francis…

"Vous, grand-père ? C'est un âne aussi ?

— Non messieurs, c'est une bourrique."

Il parlait toujours dignement en tendant bien le cou et le nez en l'air. Très distingué ma foi !

"Cette bourrique, grand-père, s'appelle comment ?

— Il faut la respecter jeune homme. C'est la comtesse de Bussières.

— Mais non grand-père, on vous demande le nom de la bourrique.

— Comtesse de Bussières.

— Quel âge a-t-elle ?

— Là messieurs, je ne saurais vous renseigner, je ne l'ai pas élevée mais tout ce que je peux vous dire, c'est qu'elle est un peu plus jeune que moi.

— Quel âge avez-vous ?

— J'ai soixante-dix-neuf ans."

Et la bourrique était un peu plus jeune que lui… Il paraît que ça a été un fou rire général. Mais les gars n'avaient pas compris la plaisanterie. Ils l'ont pris pour un innocent. Dame ! mon père, qu'était pas plus fin en me racontant tout ça, en a conclu que les Boches s'étaient fichus de

Francis. Je lui ai bien dit : “Tu parles, c’est lui qui les a eus, toi t’es pas assez facétieux pour ça.” Quand Francis est venu l’après-midi, il lui a bien dit : “Eh bien, as-tu vu p’tit Jean, comment je les ai emballés les Boches ?

— Oh j’ai dit, François, ce que vous avez bien fait !”

Le Bibi nous a été bien utile toute la vie. Je m’en suis surtout rendu compte l’année où il a fait défaut au moment des vendanges. Il était épuisé, avachi. Dame ! il avait quand même la force de hennir quand ça passait une ânesse. J’avais dû emprunter son âne au père Pageot, pendant quelques jours. En retour, je lui avais offert une vingtaine de litres de mon vin nouveau. Il n’avait pas refusé. Dame ! lui, la bouteille… il était comme beaucoup, un boit-sans-soif. Je me demande comment sa femme pouvait le supporter. Quelle patience ! Il était toujours entre deux vins. C’est bien l’alcool qui l’a mangé avec tous ces paquets de gris qu’il a mâchouillés. Faut reconnaître qu’il était travailleur. Il en avait la peau des mains aussi rugueuse que des coquilles de noix. »

XV

Loin de son Berry

« CETTE PHOTO-LÀ, c'est celle du club de troisième âge. J'en ai fait partie quelques années mais j'ai abandonné, je peux plus suivre. Voyez là le frère Paul… et là sœur Marie. Oh sympathique sœur Marie ! J'ai inscrit sur mon journal, *voyage dans le Jura* avec tous les détails ; le 5 mai à 8 heures, départ place de l'église, pauses pipi et tous ces machins-là. Non… c'était à Nevers ou à Issoudun, j'ai dû me tromper. C'était le jour de l'archevêque, avec l'inévitable messe. Ils l'ont pas remarqué mais j'ai dormi tout le temps de la cérémonie. J'ai la chance de ne pas ronfler, ça passe toujours inaperçu. Quand on est sortis de là, on est allés manger chez les sœurs, on s'est répartis en plusieurs groupes. Il y avait tant de pèlerins et de pèlerines qu'ils savaient pas quoi faire de nous ; ils ont été pris au dépourvu. Certains avaient apporté le panier de provisions pour manger dans le jardin de l'archevêché. Ils possèdent toujours de belles propriétés, de beaux parcs dans ces milieux-là.

Moi je faisais partie du groupe qui mangeait chez les sœurs ; nos places étaient retenues. Je portais le pantalon parce que c'était en mai, il faisait encore frais. J'aime bien mieux voyager en pantalon malgré tout, c'est plus correct pour les mouvements de montée et descente dans les cars. Là, je mets pas de collant parce qu'avec tout ça… la culotte, le collant, le pantalon… enfin on n'en finit plus. Donc, on traverse le parc et qui on voit arriver ? Un homme d'Église avec une croix qu'était bien longue… comme ça… en or ! qui se baguenaudait sur son ventre… et une ceinture en violet. J'ai pensé : "Ça, c'est l'archevêque." En effet quand j'ai été plus près, j'ai compris que c'était l'archevêque de Bourges. Il était accompagné d'un tas de curés dont notre frère Paul. "Bonjour mesdames." J'ai dit : "Bonjour messieurs." Ils étaient tous en pantalon, sauf l'archevêque.

"Alors, vous avez fait bon voyage ?"

Puis il s'est adressé à moi pour me dire qu'il y a du bon vin gris chez nous.

"Ben oui Monseigneur – je me suis rappelé qu'il fallait l'appeler Monseigneur. Je vous le fais pas dire ! –, mais je n'ai pas été informé de votre venue sinon j'en aurais fait apporter et vous auriez dégusté."

Je me suis appliquée à bien parler mais après j'ai dit au frère Paul, avec qui on était venus là, qu'il avait la langue trop longue.

“Pourquoi ?

— C'est vous qui avez signalé qu'il y avait une impie dans votre groupe et que c'était moi.

— Non, je ne l'ai pas dit.

— Pourquoi il s'est adressé à moi en particulier ? Vous avez dû lui dire : *La grande de devant en imperméable blanc et en pantalon, c'est une brebis galeuse, elle n'a pas sa place là*. Sinon il se serait adressé à quelqu'un de bien plus décoratif que moi.

— Je vous assure que non.”

En tout cas on n'a pas été très gâtés ce jour-là. J'ai écrit sur mon journal *vin infect*. J'ai bu que de l'eau, c'était meilleur. Mais toujours très bien reçus chez les sœurs, très policés ces gens-là. Ensuite visite à la Bernadette, la Bernadette des apparitions parce qu'elle est enterrée à Nevers. C'était pour le centenaire de sa naissance… ou de sa mort… de sa naissance plutôt… Quand on s'est trouvés devant cette châsse du soi-disant corps de Bernadette, Mme Gibouet s'est extasiée : “Elle est peut-être ben conservée ! Dame ! elle est peut-être ben conservée !

— Allons, allons madame Gibouet ! Vous allez tout de même pas croire que c'est Bernadette qui est là ! Mais c'est une poupée ! C'est ses traits, c'est tout ce que vous voulez, mais c'est pas elle ! Il y a des couleuvres qui sont dures à avaler. Vous allez pas avaler celle-là !"

Évidemment sa châsse était assez éloignée. Par exemple, elle serait là-bas où est le fauteuil. Elle est derrière une grille dans l'église et on approche pas plus qu'on est là. Je vois pas bien clair mais je vois assez pour m'être rendu compte que c'était une poupée de cire. La pauvre Mme Gibouet, je l'ai déçue.

"Vous croyez vraiment que c'est pas elle ?

— Mais non ! Il y a cent ans voyons ! Elle aurait cent ans ! On a bien beau les momifier... Elle est même pas entourée de bandelettes."

Le lendemain matin, l'inévitable messe. On n'était pas arrivés que c'était la messe. L'après-midi, re-messe avec toutes les fariboles. Ils avaient rassemblé tous ceux du canton. Il y avait un monde fou. C'était crevant. D'autant plus qu'avant, il avait fallu attendre une heure debout avant de manger, une heure devant ce mur des lamentations, avec tout le monde qui se plaignait d'avoir l'estomac dans les talons. Un grand mur aussi haut que celui de la maison Leproux pas loin d'ici. Les pèlerins s'impatientaient, l'estomac creux. Pensez donc, c'était l'affolement. Il était prévu deux mille pèlerins, on se retrouvait à cinq mille. J'ai déjeuné à 14 h 30, moi qui ai d'habitude terminé à midi, voyez un peu... je piaffais. Si j'avais eu le balai de la sorcière qui puisse me ramener à la maison, je serais ben repartie. On a attendu que la deuxième vague soit sortie pour aller se restaurer et on a eu les restes. C'était pas bon du tout, je suis pas restée. Le bedeau et sa fille trouvaient le temps trop long. Ils sont allés déjeuner à l'hôtel. De temps en temps le frère Paul venait bien pour nous faire patienter.

"Alors mademoiselle Saint-Just, vous ne vous énervez pas trop ?

— Assez ! J'ai plus faim, mon heure est passée."

Il était anxieux, il ne trouvait plus son porte-documents. Je lui ai conseillé de prier saint Antoine de Padoue, mais il a déclaré qu'il ne croyait pas à ça. J'ai bien dû reconnaître que moi non plus. »

La Yute a cédé un moment au silence pour rameuter les souvenirs, les lèvres déjà entrouvertes pour la séquence suivante.

Étrangère, loin de celles qui l'écoutent, elle est transportée là-bas au-delà de son Berry, à nouveau dans l'autobus, immergée dans cette source d'émerveillements que représente un tel voyage. Et les paysages sont si beaux. Si étranges. Elle tient à raconter tout cela, partager, revivre. Elle ignore les sourires de connivence, les sourires bienveillants de son auditoire. Elle est tout à elle, à ce miracle de sa vie. Elle a été cette autre. Puis elle se remet à parler, les yeux dans le lointain. Elle semble ne plus parler que pour elle-même, étonnée encore, et pour se persuader sans doute que tout cela elle l'a vécu, elle ne l'a pas rêvé, elle la Yute. La défavorisée. La recluse.

« Je passais de bons moments quand même ! Quelle rigolade aussi, pendant les pauses-pipi. On en avait toujours une avant l'arrivée, parce que c'est comme pour manger, il y a toujours de telles files d'attente aux pissotières que si tu tiens pas… Alors l'organisatrice du voyage préfère un arrêt à quelques kilomètres du but.

Mais c'est pénible quand on est vieux, c'est triste de vieillir. Il y en a qui peuvent plus se baisser, ça fait qu'elles se retroussent… Je vais vous faire voir le tableau… Comme ça… jusque-là. Elles se campent tête en avant, pieds écartés. J'étais bien plus vive qu'aujourd'hui mais je pisse mieux qu'elles, je suis plus dégourdie. Je m'appuie sur un genou et je pisse par la jambe parce que j'ai toujours des culottes pour. Ça fait que chaque fois, il y avait le frère avec le chauffeur et la sœur qu'attendaient dans le car. “Vous descendez pas, vous ? Qu'est-ce que vous en faites de la pause-pipi, je leur disais.

— Pas besoin !

— Ah les heureux mortels ! On pourrait vous encadrer ! Mais vous manquez gros ! Et vous ma sœur, qui faites des photos, vous pourriez en faire de magnifiques, comme vous en avez jamais fait. Une de ces expositions… C'est bien dommage…"

Dame ! en fait d'exposition il y avait pas mieux. Mais je vous laisse toutes deux, j'ai à faire au-dehors. »

Elle s'est relevée vivement de sa chaise, a mis son gros couteau dans la poche du tablier, le chapeau accroché au clou réservé. « Celui-là, c'est Séduction. Je dis toujours à mes neveux de le garder avec leurs antiquités après ma mort… oh, ils en feront bien ce qu'ils voudront… Il y a quand même quarante ans qu'il m'a pas quittée… »

Précautionneusement, elle a extirpé d'un fouillis de vêtements accrochés à la patère le châle gris affectionné de la grand-mère pour s'envelopper dedans, il faisait un peu frais. Et quand brutalement la porte s'est refermée derrière elle, les vieux tissus ont tremblé comme chaque fois, dans le sursaut des fantômes qui veillent.

La Yute s'en est allée allègrement, les pieds dans ses sabots écorchés jusqu'à la fibre. Les petits chemins paisibles pris dans l'enclos des haies l'attendaient, qui à la belle saison offrent leurs mûres magnifiques, offrandes jetées là telles des pierres précieuses. Elle en a vite rempli le panier à l'ombre de sa silhouette, prévoyant déjà d'aligner auprès des pots de confitures de toutes sortes ceux de la bonne gelée sombre dont, au goûter, elle gâte les gamins du village durant l'hiver.

Chacun de ses gestes est un mot d'amour lancé aux uns et aux autres, et que contrarie la rudesse de la voix. Et dans les regards pleins, nés de ces plaisirs gratuits qu'elle offre, elle reçoit le merci à sa convenance, leur chaleur radieuse. Elle les empêche de parler en disant n'importe quoi, en mâchonnant des bouts de phrases pour étouffer leurs mots qui épongeraient peut-être un peu de leur émotion. Et pour camoufler sa gratitude. Elle s'en remet ainsi à des bonheurs sans prétention qui font sa sève et entretiennent sa belle santé.

Face à sa seule « Beauté », elle se laisse aller dans une échappée de mots tendres, et dans ce toucher magique qui déclenche un ronron de bien-être. Au creux des longs doigts usagés se love le chat à l'abandon.

Quand la Yute est triste, la voix se double du rythme léger d'une caresse profonde dont les effluves viennent à bout des mauvaises sorcières. Un baume pour son âme qui, miraculeusement, redevient légère. Le visage est plus doux. Aussi doux que quand elle se laisse aller à parler de sa mère. Elle dit « maman ». En appuyant d'une certaine façon sur les deux syllabes. En les amplifiant. En les prolongeant. Elle semble l'installer là et la garder tout près d'elle « Maman… elle était tendre, elle était bonne, elle était courageuse. On l'aimait. » La Yute demeure immobile, reliée quelques instants à ce doux port d'attache.

Elle dit « mon père ».

« Pour mon père, c'était pas pareil. D'ailleurs il était jamais là. On l'aimait d'une autre façon, mais on l'aimait, bien sûr. »

XVI

Aux simples d'esprit

« Le voyage pour Rocamadour, une autre de mes petites migrations, m'a laissé un bon souvenir ; je m'y suis amusée. On s'était répartis en deux cars cette fois-là, dont le petit de Sainte-Sévère. C'est le frère qui le conduisait. Des rires… des crises de fous rires incessants ! Bien de ces dames n'avaient pas voulu monter dans celui-là parce qu'il brinquebalait, il faisait la ferraille, personne ne voulait y aller. J'y suis bien montée avec une douzaine de voyageuses. Comme j'ai dit : “On sera ben mieux ; ce sera plus intime que dans le grand.” Les autres l'ont regretté après quand elles nous voyaient rire de loin ! Ils étaient pourtant cinquante mais ça ne rigolait pas ! C'était… voyons à quelle époque… je vais situer… c'était au moment où on a trouvé le cardinal B. mort dans une maison close. Bien sûr, la conversation a buté là-dessus. Je ne provoque jamais, je ne commence pas mais je ne me prive pas de continuer. Quelquefois, je mets sur la voie et je brode après.

Ce cardinal B., c'était sûrement pas un saint, quoiqu'on dise qu'il se déplaçait pour confesser les dames de petite vertu. Il les confessait à sa façon pensez donc ! Après tout c'était un homme ! Qu'est-ce que c'est que toutes ces histoires ?

J'ai lu un livre où à la fin il y avait écrit : *Les curés, il faut les châtrer ou les marier, c'est l'un ou l'autre.* Comme ils sont sûrement pas châtrés... c'est pas nouveau. Il est de plus en plus question de les marier. Sûr que bientôt il y aura plus qu'eux de mariés ! Mon Dieu, si ma pauvre mère voyait ça ! Les gens veulent plus se marier mais à vrai dire puisqu'ils font souvent la malle à cette heure, la malle est plus vite faite.

Et ce président de la République qui est mort dans les bras d'une femme !... Beaucoup ne le savaient pas dans le car. Je leur ai dit : “C'est notoire.” Il y a même une anecdote qui s'est brodée là-dessus. Je vois que vous ne la connaissez pas non plus. Eh bien, quand les huissiers sont arrivés, ils auraient été obligés de séparer les amants. Ils auraient transporté le président dans sa chambre et elle, ils l'auraient fait partir par l'escalier de service. Et puis le prêtre est arrivé pour l'extrême-onction.

“Ça ne va pas ?

— Non mon père, il est à toute extrémité.

— Est-ce qu'il a toujours sa connaissance ?

— Non, mon père, on l'a fait passer par l'escalier de service."

Je les polissais tous peut-être bien à rebrousse-poil mais il faut pas qu'on nous fasse avaler toutes ces couleuvres. Un peu de respect tout de même. Évidemment au début, les journalistes qui ont bien du bagout ont dit la vérité, mais ensuite on a cherché à l'atténuer. Ils disent : "Le cardinal confessait ces dames." Et comment donc ! Tout le monde riait dans le car mais pour ça je riais pas… C'est pas à rire. Pas du tout. C'est bien lamentable.

La sœur qui était tout le temps avec nous, elle, est bien libérale ; une femme intelligente bien sûr ! Mais ces punaises de bénitier qui sont bornées, mes pauvres enfants ! Étriquées ! Elles ont ben réussi à la faire déplacer. Quand elle est partie, elle est venue déjeuner avec moi, je suis la seule à l'avoir reçue. C'est qu'elle m'écrit tous les ans, elle m'envoie ses vœux et moi aussi. Ah oui on s'aimait bien ! Quand je suis rentrée au club, je lui ai annoncé la couleur.

"Vous savez, je ne suis pas confite en bigoterie et n'essayez pas de me convertir, vous perdrez votre temps. Je me suis fait mon Dieu à moi."

Le frère me disait :

“Avec ça, vous croyez qu’un jour vous irez au ciel ?

— Pourquoi pas ? *Aux simples d’esprit le royaume etc.* Je n’ai jamais fait le mal ! D’ailleurs il suffira de me repentir à mon lit de mort et le paradis me sera ouvert. Et à moi l’honneur puisque je suis une femme. Je serai à droite de Dieu et c’est pas sûr que je vous laisserai rentrer.”

À un moment donné il nous endormait, il nous questionnait comme des gosses. J’en avais honte pour lui et pour nous.

“Qu’est-ce que le péché ? Vous madame, comment le définissez-vous ?

— Hé bien mon frère – c’était ma cousine, elle est morte depuis, elle causait bien, avec l’accent pointu –, le péché, le péché…”

Elle se mettait à nous ânonner de ces âneries de gosses de dix ans. Je me taisais mais ce que ça m’agaçait ! Je leur dis toujours que s’ils faisaient le catéchisme aux gars de nos jours, ils ne leur feraient pas rentrer toutes ces sornettes dans la tête, ils comprendraient vite, ils les enverraient promener.

“Eh bien, le péché…”

Chacun donnait son opinion. Des gamins ! Des attardés ! J’en ai eu marre à la fin.

“Oh frère Paul, vous nous endormez !

— Ah mademoiselle ? Vous avez une idée ?

— Moi le péché, je vais vous dire ce que c'est – il fallait bien que je me montre encore plus bête qu'eux, pour sortir mon imbécillité – … à mon avis, c'est un arbre originaire d'Asie Mineure."

J'en vois une se dresser, une espèce d'idiote.

"Mais c'est pas de ce péché-là qu'on vous parle.

— Personnellement je ne connais que celui-là. Et ce Dieu qui nous aurait faits à son image, parfaits, bons et tout, voyez comme on est, voyez le résultat. Le mien de Bon Dieu est bien mieux, je leur ai dit… Ce que Dieu doit se sentir seul, à être aussi incompris !"

Entre nous, eux à les voir, ils flattent pas trop le leur !

Je suis peut-être un peu trop libre dans mes paroles, je le sais, mais je ne dépasse jamais les limites permises. J'ai aussi cherché à me faire expliquer ce qu'était vraiment un homosexuel. J'étais curieuse d'avoir leur point de vue parce qu'il y avait eu quelques jours avant une émission autour de ça à la télévision. Le père m'a bien expliqué à sa façon. C'était confus. Aussi clair que du jus de chapieau.

Y en a bien des notoires. Et quand j'ai vu ce fameux écrivain à l'écran, sa tête m'a dégoûtée tellement, que j'ai plus aimé ses écrits. C'est pas ce qu'il est qui m'a dégoûtée. Pas du tout. C'est cet air, cet air ! J'ai brûlé son livre que j'aimais le plus. Je regrette, je voudrais bien l'avoir maintenant pour le relire. Je suis large. Je comprends. On doit pas en faire des réprouvés comme on le faisait autrefois avec les Noirs ou les Jaunes. On doit admettre ça et on est jamais assez tolérants envers ceux qui sortent de notre ordinaire. Moi je suis gauchère, je suis née comme ça… Je suis myope, c'est congénital, j'ai amené cette myopie en naissant. On n'a pas fait de tout ça des étrangetés. J'ai eu un pneumothorax à droite ; ça a dévié mon cœur complètement à gauche. Je ne l'ai pas que légèrement incliné, mais complètement sous le sein gauche. Mon cœur est vraiment à gauche, personne en a rien dit. "Et vos saints mon père, j'ai ajouté, vous les faites à la pelle. C'est pas difficile d'encenser quelqu'un quand on veut en faire un saint." Et voilà ma cousine qui parlait pointu qui remet ça.

"Frère, le Père de Foucault c'était bien un saint ?

— Oui le Père de Foucault était un saint ; c'est vrai.

— Il avait fait du bien."

Et elle énumère toutes ces belles choses.

Là, j'ai pris la parole, c'en était trop ! "Les saints, vous les faites vraiment à bon compte parce que si j'en crois ce que j'ai lu et ce que j'ai entendu, votre saint de Foucault était loin d'en être un ! Il a commencé par être militaire de carrière, et un militaire de carrière au siècle dernier… en plus dans les dragons ! C'était ce qu'on appelle un dévergondé, un libertin. Il a usé de toutes les ficelles du métier. Il était tout ce qu'on voulait à ce moment-là. Après, il est parti en Afrique. C'est là sans doute que la grâce l'a touché. Il s'est converti quand il a eu usé des bonnes choses de la vie. Il s'est fait saint ! Le diable se fait moine aussi. J'aime pas du tout les saints qu'on fabrique comme ça !" »

« On discutait souvent de cela avec mon Georges. Il était bien d'accord avec moi. Vous vous souvenez de lui ? Il avait fricoté avec la Simone, la petite-fille de l'Élise. Il m'avait confié ça à un moment où il passait là ses vacances. Ça date pas d'hier puisqu'il était encore célibataire. Il devait avoir dans les vingt-huit ans. Un soir il sort. Moi, je ne dis rien. "Tu ne me demandes pas avec qui ?

— Écoute, tu me le dis si tu veux… Tu ne me le dis pas, je ne te le demande pas, tu n'as pas de comptes à me rendre.

— Je vais te dire ; c'est la Simone qui m'a demandé un rendez-vous.

— La Simone t'a demandé ? C'est encore une gosse, elle a au moins douze ans de moins que toi ; quel culot ! Tu vas y aller ?

— Oui, je suis curieux de voir ce qu'elle a dans le ventre.

— Je te recommande une chose... Surtout n'y touche pas ! Je suis bien avec tout le monde, je suis bien avec sa famille ; ne me mets pas mal avec, ne m'amène pas d'histoires. Tu es à Lyon, tu es en ville, tu trouveras autant de femmes que tu veux et il y en a que c'est leur métier.

— Non non ne t'inquiète pas, mais je suis aussi suffoqué que toi que cette gamine m'ait rancardé.

— Tu sais, elle a une triste réputation. À La Châtre, elle court tous les hommes. Elle met la pagaille partout.

— Ferme pas la porte à clé, je serai pas long à revenir."

Mais je n'étais pas couchée que je le vois arriver.

"T'es don déjà là ?

— Oui et elle est plus garce que je pensais... Si j'avais voulu...

— J'espère que tu as été sage Georges ? Voilà autre chose ; faut tenir les gars à présent. Enfin tant mieux, je suis tranquillisée."

Après j'ai pensé que c'est peut-être elle qui aurait pu dire : "Si j'avais voulu." Il a peut-être bien pas pu avoir ce qu'il cherchait ? C'est pour ça qu'il serait rentré si vite... Dame ! j'ai rien dit !

Et le lendemain, voilà mon Élise qui arrive, l'air canaille.

“Sais-tu Yute, que le Georges il correspond depuis longtemps avec ma Simone et qu'ils se voient en ce moment ?

— Ah ?”

Je le savais puisque Georges me l'avait dit. Il m'avait même montré de ses lettres, et des lettres… cousues de fautes. Il me disait : “Ce qu'elle est bête.” C'était pénible à lire ; elle avait pas inventé le fil non plus.

“Georges lui écrivait ? Ah ?

— Oui mais son père m'a dit que sa Simone, elle est pas pour ton Georges.

— Ah écoutez-moi bien Élise ! Vous pouvez rassurer votre gendre que mon Georges comme vous dites, il ne veut pas de sa gourgandine qui a tout connu ; une garce qui fait divorcer tout le monde à La Châtre.

— Comment que tu le sais ?

— Je l'ai su y a longtemps mais voyez-vous Élise, je ne voulais pas vous peiner. Vous amenez ça sur le tapis et je vous dis ce que je pense.”

Elle en a été toute retournée. C'est la femme de Roger qui me l'avait dit. Elle était la cousine germaine de son père. Elle m'avait dit : “Il en est scandalisé ; il peut pas la tenir.” Elle m'avait tout raconté, je savais tout…

La Simone avait désespéré la Marie qu'était déjà un peu fêlée et qui avait été abandonnée par sa faute. Le Bertenou, on l'appelait son mari.

Elle ne le voyait plus du tout, il avait disparu de la circulation. Marie ne sortait plus que vêtue de ses habits, pantalon et tout. Peut-être bien aussi qu'elle mettait ses caleçons, pourquoi pas ? Car pour qu'elle ne se doute de rien, il avait quitté la maison les mains nues, sans une seule valise. Elle, elle avait mis toutes ses robes au rebut, sans doute en signe de deuil… On la surprenait dans la rue, à remonter le bas de la chemise de son homme qu'elle avait mise, à embrasser les manches. Ou bien elle partait avec un autre souvenir de lui, tout serré contre elle.

Les gens la dorlotaient. Ils disaient qu'elle commençait à perdre la raison. Ce qui est arrivé. Elle est devenue une grosse niaise… Quel malheur ! Elle ne pouvait plus rester seule avec son gamin, elle n'y faisait plus attention. On l'a emmenée à Chezal-Benoît, chez les moitiés de fous.

L'autre gourgandine, ça ne l'empêchait pas de continuer à rouler des hanches dans les rues. Son aspect ne trompe pas, allez ! Ils racontent tous qu'elle ira en enfer mais dame, si on réfléchit, on sait même pas si y en a un après ; on est sûrs de rien. C'est encore que les bons qui risquent d'être floués ! La Simone, elle, elle prend les devants. Elle se fait le paradis tous les jours sur terre. Pas folle !

Elle était pas contente l'Élise mais elle est bien revenue quelque temps après. “Pourquoi tu me l'avais pas dit, pourquoi ?”

Elle n'en revenait pas que j'aie tenu ma langue. Dame ! je sais la tenir quand il faut, je ne suis pas complètement bornée, ça en étonne beaucoup. C'est question de charité souvent. »

« Cette nuit j'ai entendu la chouette. J'aime pas ça, mais pas du tout, c'est très mauvais signe. Il va y avoir un malheur dans le coin. Même chose pour la pie jacasse, ces pies noires qui ne vous en laissent pas en placer une. Dame ! j'aime pas qu'elles parlent plus fort que moi.

Les parents de la fameuse Simone, c'étaient des gens convenables. Le grand-père était une sommité. Il avait dû être président de cour d'appel je pense ; j'en suis pas sûre, faudrait que je relise les vieux documents. Je crois que c'est celui qui avait fait parler les gens à un moment donné. Il avait fait du bruit en s'attaquant à quelques avocaillons de basse classe qui magouillaient entre eux, défense et partie civile dans les coulisses pour rouler et plumer des accusés bien ciblés. D'après le Laugivou, y en a qui avaient même été rayés du barreau. Un pur, quoi… Dame ! il avait dû se mettre du monde à dos ! Il avait plutôt l'air d'un clochard que d'un bourgeois quand on le rencontrait. Il était loin des gravures de mode.

Il était toujours ficelé comme l'as de pique avec des pardessus râpés, des jambes de pantalon en accordéon. Le père Renaud on l'appelait. Il était possesseur du domaine « La Bosseraie ». À ce moment-là, je parle du temps de mon père, les courriers, c'est-à-dire les vagabonds, suivaient les domaines. Ils allaient de l'un à l'autre pour se ravitailler et y coucher. Bref mon Renaud était si mal fringué qu'un jour il s'est trouvé nez à nez avec un vagabond près de chez lui. Le type l'a pris pour un des leurs et il lui a demandé où il allait.

"Bien, je vais à la ferme ; à la Bosseraie.

— Je te conseille pas d'y aller, c'est des sales gens, on est drôlement reçus. Ils vous mettent les chiens après. Ils valent rien du tout dans ce domaine. Du reste j'ai bien mis la marque."

La marque correspond à des morceaux de bois que les vagabonds se posaient pour points de repère dans les haies près des portes. S'ils étaient placés d'une certaine façon, c'était de bon augure et ils frappaient chez les gens. Si les bois étaient placés autrement, le clochard comprenait que les habitants n'étaient pas généreux et qu'il valait mieux qu'il rebrousse chemin.

Ce jour-là, le fameux président Renaud pince-sans-rire a répondu du tac au tac.

"Écoute donc, faut que j'y aille moi aussi chez ces riches-là. Ils ont l'habitude de me voir, je passe assez souvent. Rentre avec moi ; tu seras peut-être bien reçu puisqu'ils me connaissent.

— Je veux ben."

Quand ils sont rentrés, la fermière qu'était dans la cour avec son tablier tout retroussé, en voyant Renaud : "Tiens, voilà notre maître !"

Dame ! l'autre a reculé ; il a bafouillé ; il le tutoyait plus... "Oh, n'aie pas peur, lui a dit le président, tu sais, je suis bien fabriqué comme toi va. Je m'assois sur un trône comme toi et je bâille et je rote comme toi. Allons, rentre te restaurer un peu."

Dame ! c'était pas la moitié d'un imbécile. »

XVII

Ils doivent l'écouter, les oiseaux…

Il a fallu se « décider ». C'est l'expression appropriée, celle des descendants, les « suivants », ceux qui soudainement tombent sous la menace du présent cruel, dès que « l'Ancien » pose problème. Parce qu'il perd son autonomie, parce qu'il est malade, parce qu'il est devenu un trop vieux pour…

Il faut se « décider » et c'est dur, c'est éprouvant autant pour les uns que pour l'autre. On hésite, on tergiverse, on n'a pas le droit de « faire ça ». Comment, lui ou elle qui semblait éternel, comment ? Le sortir de ses murs ? Emporter cette charge trop lourde au-delà, dans l'une de ces maisons étrangères ?… Il n'en est pas question, on va bien trouver une solution !

Au départ on se débrouille, on fait avec, on fait de son mieux. Quelques mois, quelque temps. Le vieillard de plus en plus humble, tout petit, tout silencieux, tout autre, cherche à ce qu'on l'oublie. Avec ces regards fautifs ; pathétiques…

On fait en sorte de prolonger la situation mais on doit se rendre à l'évidence. Il devient impératif de prendre le taureau par les cornes. Alors on s'interroge, on est coupable, on cherche des excuses pour se déculpabiliser. On tourne autour, on se veut léger, on va bien trouver les mots, on va expliquer à ce vieillard, qui lui, sent bien le vent tourner. Il détourne un regard inquiet ; vous vous taisez. Comment le préparer, lui faire admettre ?

Il a déjà tout compris lorsqu'après mille détours, vous vous jetez à l'eau. La maison de retraite devient le seul recours.

La Yute était préparée, à l'insu de tous, à ce coup de grâce. D'autant plus que des troubles sérieux de la circulation au niveau des jambes… phlébite, artérite, de ces cruautés en-ite s'ajoutaient à ceux de l'âge avancé. Elle se sentit humiliée par l'anomalie qu'elle évitait d'évoquer, mais qui envahissait son esprit. Son visage lui, en parlait, quand elle se retrouvait toute ramassée en elle, et à l'abri des regards. C'était irritant de sentir cette hostilité de la nature dans le creux de ses mollets. Ça passait dans sa tête. Et le cours de sa vie, désormais, demeurait à la merci de ce mauvais courant dans ses veines, responsable de sa récente dégaine d'handicapée à vie. Elle vérifiait qu'elle ne pouvait plus marcher et que ça tournerait mal si elle insistait. Dame, avec ces vertiges qui s'ajoutaient au reste… Une constatation quotidienne qui la plongeait dans le désarroi. Quelles épreuves encore et combien à venir ? Elle se rêvait alerte dans un décor de carton. Et de rage, se tapait les poings contre les genoux encore bien vivants.

Depuis un certain temps, elle se clouait à son fauteuil de crainte de tomber. Elle ne se mouvait plus que soutenue. Plus question pour elle de bouger, lorsqu'elle se trouvait seule des heures durant. Elle était trop anxieuse avec ce corps qui risquait de se retrouver par terre s'il s'échappait du fauteuil telle une gangue qui lui protégeait le bassin. « Ce corps qui n'est plus à moi je voudrais le griffer jusqu'au sang, jusqu'à plus mais, par moments. Et mettre en morceaux ces deux cannes violacées qui me servent plus de jambes… Bof ! Foldingue que je suis, j'ai pas le droit de geindre comme ça. Tant d'abandonnés, d'errants par toute la terre… Allons ma vieille, le sang coule encore chaud pour longtemps dans tes veines et t'es pas un cas isolé. Ferme donc la porte sur toi, y a plein d'oiseaux dans l'air, des romances qu'ils égrènent. » Elle leur rend la politesse la Yute, elle fredonne « il était un petit navire, il était un petit navire qui pouvait plus, plus naviguer, qui pouvait plus, plus… »

Ils doivent l'écouter les oiseaux, elle ne les entend plus. Elle imagine qu'elle est devenue une charogne et qu'ils la guettent, les gentils oiseaux.

Entre les soins de ses neveux, ceux d'une aide ménagère, la Yute a passé ainsi des mois, seule, ne quittant son siège qu'en cas d'absolue nécessité, et dans une extrême angoisse.

Son état s'aggravait, la pressant pour l'exil brutal. Ils s'y résolurent. Elle s'y résolut, résignée, malgré ces menaces qui couraient dans sa tête… Sans plainte, sans reproche. Seul ce constat discret : « Vous m'aviez pourtant promis, pas de maison de retraite… Oh, je comprends ! »

Elle le murmura. Coupable. Sans insister. Eux ne connaissaient pas les mots à dire pour alléger cette épreuve de vieille dame. Ils n'existent pas ces mots-remèdes. Quelques-uns, timidement émiettés autour d'elle, ne parvinrent pas à couvrir les bruits discordants du regard qui saignait. Ses dernières forces rassemblées brutalement pour une fière allure, présageaient d'une volonté susceptible d'affronter l'événement. Elle ne trompait pas sur le discours de l'être tout entier.

La vieille carcasse déserta seule, sa vie sous son bras. Elle se trouvait sur un quai de gare au milieu des dernières recommandations d'usage. On l'arrachait au tout de sa vie. Au tout bonheur.

Et pendant quelque temps, elle le pressentait, elle s'y plongerait de long en large, la nuit, le jour. Ne le quittant chaque fois que pour mieux y revenir jusqu'à s'y perdre, présent et passé tellement imbriqués qu'elle devrait furieusement en appeler à sa lucidité pour pouvoir traverser dans le calme cet autre avenir qui s'ébauchait. Elle savait bien qu'elle s'y ferait. Avec l'habitude.

Elle osa à peine toucher d'un dernier coup d'œil son palais déserté, avant de s'asseoir encore une fois sur le banc du gracieux jardinet, en attendant l'heure. « Pardonnez-leur, ils ne savent pas ce qu'ils font ». Alors elle a dit bien fort, riant un peu moins fort : « Me voilà expatriée ! » sur un air de fausses notes.

Elle emportait ses tabliers, elle y tenait, elle ne pourrait s'en passer, depuis le temps… À cause aussi de cette large poche cousue sur le ventre, qui camouflait l'éternel couteau.

Elle le sortait à tout propos ; pour couper un morceau du fromage qu'elle extirpait de l'arche en noyer ciré, ou bien pour une tranche de son pain noir ; pour arracher quelque salade ou quelque herbe du jardin, ou bien trancher la queue d'un fruit. Depuis peut-être bien quarante ans, il la suivait dans les champs, à la maison. Dans sa vie. Plié en deux contre elle.

Le manche en chêne jauni porte une grosse bague métallique à la naissance de la lame.

Légèrement incurvée, elle est épaisse et lourde, noircie par le temps. Personne d'autre que la ta-Yute ne s'en était servi. Elle emportait l'objet du culte, camouflé au fond de son sac et aussi précieux qu'un morceau de ciel.

Elle avait dû s'arracher au portrait de sa mère qui depuis longtemps semblait la protéger encore du haut d'un mur. Peut-être qu'elle aurait pu l'emporter… Elle avait été belle ; ce que ses yeux étaient bleus, tendres. « Comment elle a pu faire une fille telle que moi ? » En se soulevant péniblement, la Yute s'était emparée de la feuille retenue au bord du cadre doré, le poème de Juliette adressé à cette femme et dont les ans avaient rogné une bonne partie ; ils avaient préservé quelques vers.

« …
J'avais alors un mois quand elle vint me chercher,
Condamnée par chacun, déjà mise au rebut,
D'avoir, ô miracle, malgré tout survécu.
Nul ne saura jamais le courage certain,
Le travail accompli sans jamais s'être plaint
De cette mère si grande dans sa simplicité
Qui par ses tendres soins parvint à me sauver.
Ô femme intelligente, tellement fine et si bonne,
Par l'exemple donné, tu sus mieux que personne
À tes enfants aimés, apprendre la vertu
Sans des règles rigides et des mots superflus. »

La Yute avait hésité encore pour le tableau, mais on la pressait, il y avait tant à faire, et à elle seule elle était déjà tellement encombrante. « Maman, toi au moins, t'as eu la chance de t'éteindre chez nous et j'étais là. Le père aussi. T'es pas partie seule, même si on dit qu'on est seul dans ces moments-là. Si tu me voyais, moi ta drôlesse chérie, si tu me voyais obligée de me laisser chasser de là comme une grosse mouche à merde ! Je sais bien, ils peuvent pas faire autrement. Ils en sont ben assez embêtés.

Et tous nos p'tits biens, nos p'tits trésors, ces objets pieux qui reviennent là du fond des siècles ? Il y a aussi la grande armoire de grand-mère… J'aurais voulu qu'elle reste là pour l'éternité. J'aurais voulu y porter mes yeux avant qu'ils se ferment, c'est ce qu'elle avait dû faire… Depuis, chaque fois que je l'ai touchée, cette armoire a fait revenir des mots pour moi, des souvenirs qui restaient frais. Tout ça qui va être assiégé par les rats, par les araignées… »

La multitude des souvenirs feulait en elle, images-lueurs s'ajoutant à la queue leu leu et aussitôt gommées. Le kaléidoscope œuvrait à la vitesse du son, sans doute ce qui arrive au moment de la mort, c'est ce que l'on suppose. Avec cette impression de fin du monde ressentie lorsqu'avaient disparu la Jeanne, puis la mère.

Mais le bon goût de la vie n'en démordait pas ; il l'animait intimement. Elle ne lâcherait pas prise aussi vite, la Yute. C'était juste une petite, une toute petite faiblesse passagère, un trou noir inopportun dans sa galaxie.

« Tu peux plus venir à mon secours grand-mère, ce que tu faisais chaque fois que j'étais en danger, que j'allais tomber du bord du lavoir, ou bien quand l'oie me courait après… Viens là me prendre par la main, tout de suite ; et emmène-moi là où tu es, tu peux bien faire encore ça pour moi… Je suis la dernière des femmes de la famille tu vois. Je serai la première à pas rendre l'âme à la maison, c'est bien dommage !

Tout ça à cause de ces maudites jambes. Moi qu'ai tant marché ! C'était bien la peine ! Ça aurait dû les entretenir en bonne forme. Mon corps, ma tête, ils obéissent encore bien. Et dire que nos champs, la maison vont être vendus à cause de tous ces novateurs qui veulent des routes et des routes et qu'en ont jamais assez. Les meubles, où vont-ils atterrir ? Dame ! j'aime mieux pas y penser. Ça sera partout vide comme la place de l'arche que j'ai donnée. Je l'aurai usé mon bas de tablier, à la briquer pour la faire reluire. »

Ils étaient encore là et ils lui répondaient. Avec elle ils franchissaient la dernière étape.

« Les enfants, vous avez bien pensé à attacher Beauté pour pas qu'il aille se perdre avant que les Richard viennent le récupérer ? En plus il est sauvage, toujours seul avec moi qu'il a été. Il risque de griffer et de se faire lyncher. Je vous préviens pour que ça étonne personne. Il était affectueux avec moi, faudra se montrer patient. »

La Yute, assise pour la dernière fois sur le grand banc, avançait ses recommandations avec des précautions extrêmes, elle risquait d'agacer alors qu'ils avaient tant à penser, à faire, tant de questions à régler… les papiers, les ordonnances, le compte épargne. D'ailleurs ses neveu et nièce s'étaient chargés de tout à sa place, depuis qu'elle était là, clouée. Incapable.

Elle a reposé le précieux sac pour enlever précautionneusement ses lunettes. Et du mouchoir à petits carreaux bleus sorti de dessous le pull, a essuyé l'un après l'autre les verres couverts de buée. Puis posément a repris le sac, prête à s'extirper de son filet doré. Elle a regardé ses fleurs, les lapins qui se gavent dans leur cage, les poules indifférentes et tranquilles qui grattent à la recherche des vers…

Elles roulent leurs notes arrachées des gosiers qui s'étirent en cadence à la façon des métronomes. Deux lourdaudes déambulent cahin-caha, freinées par leur gros ventre, comme seules au monde. Est-ce qu'elles voient seulement les poussins autour, petites boules cotonneuses qui ont bien du mal à se dépêtrer d'une gadoue encombrante ? « Dame ! je la verrai pas grandir cette couvée-là ! je vais bien leur manquer à tous et ils vont me manquer. J'entendrai plus le chant de mon *jo*[1] ; comme je l'ai maudit celui-là quand il me réveillait trop tôt ! Même ça, je suis capable de le regretter.

— Vous vous occuperez bien encore des bêtes ? Vous n'allez pas les laisser mourir de faim ?

— Bien sûr ta-Yute ! Bien sûr. »

Elle se sentait bien, là. Mais le vieux réveil enfoncé dans le sac de la Yute les pressait. Elle écrasa la guêpe qui maraudait autour de ses jambes. Ses jambes ennemies qui la rongeaient et avaient préparé leur sale coup. Elles allaient lui fermer le monde entier.

Notre Yute nationale, en douceur, fut enfin détachée de son banc et quitta le bateau et toutes ces choses à aimer. Elle n'avait plus le choix.

« Voilà que je m'en vais avec mon baluchon. Comme la Marie clocharde, comme les Bardoux qui avaient eu leur maison hypothéquée puis vendue aux enchères. Qui aurait pu prévoir ?… Dame… Tous mes fantômes, ils ont

1. *Coq.*

dû fuir à reculons pendant que la clé tournait à double tour. »

On l'a accompagnée jusqu'à la voiture qui attendait dans son chemin des mille et une nuits. Elle s'est redressée, cherchant à assurer son pas entre ses neveux qui la soutenaient par chacun de ses bras. Si touchante. Si pitoyable. Avec cet équilibre fragile et son souffle raccourci.

La portière béante lui ouvrait la voie d'une vie incertaine. Sans joie. Sans espoir. Sans histoires.

Elle ferma les yeux et se boucha les oreilles au bruit de la chaîne que l'on cadenassait autour des barreaux du portail d'entrée. Il fallait quelques secondes pour cela. Elle compta le temps voulu, avant de reprendre possession de ses sens. Des effluves, des images floues la plongeaient dans une atmosphère d'irréalité, sur une sorte d'entre-deux plans. Tout ce qui s'entasserait dans un coffre-fort précieux dont elle seule désormais posséderait le code d'accès.

Pendant la traversée de la ville où l'auto ralentissait, elle regardait fixement droit devant elle, se gardant bien de jeter un seul coup d'œil vers les vitrines arrangées, ces œuvres d'art, elle disait. Elle échappait à la tentation.

De l'extérieur, on l'aperçut ensuite, les yeux fermés, affaissée, épuisée par l'émotion. Elle semblait dormir. Le souffle de « l'Esprit » l'avait quittée.

Elle a sursauté, surprise par l'arrêt brutal devant la façade étrangère et hostile. Elle s'est laissée guider, emporter, installer dans un grand carré sans vie et sans couleur à lui donner mal au cœur. Avec pour seules fantaisies un lit *raquet*[1] et une table avec quatre angles. Elle n'aimait pas les tables à angles, elle n'avait connu que sa table ronde. Elle pouvait se cogner dedans, ça ne laissait pas de traces. Et pas de cuisinière pour cracher dans les braises. Quel plaisir que de cracher dans les braises, ils aimaient bien ça aussi, les autres, au village. Pour la première fois de sa vie, elle se soumettait. « Hé bien mes enfants, rentrez vite chez vous, vous devez avoir à faire et je vous ai fait perdre assez de temps comme ça… »

Plus tard, lassée d'être assise, et d'un mouvement très lent, elle s'est laissée glisser sur le lit. À plat ventre, la tête enfouie dans le refuge douillet des plumes, elle a écrasé sa tête trop lourde. Des soubresauts ont relâché les nerfs du vieux corps à l'abandon.

Elle a repris sa respiration, elle s'est redressée brusquement. Sa main, machinalement a parcouru en aveugle la chair durcie, responsable de

---

1. *Petit.*

tous ses maux. Puis la Yute s'est fâchée contre elle-même. Contre ce poids qui la lacérait toute et la possédait. Foin des regrets… « Allons, allons ma vieille, secoue-toi !… Mais qu'est-ce que c'est que cette petite lumière de bougie, je vais rien voir avec ça ; la veilleuse ils m'ont dit. C'est pas qu'ils pensent que je suis déjà morte ?… » Des étoiles de malice ont voltigé dans les yeux, éclairant à nouveau les traits ressaisis, débâcle cadenassée et les entrailles dénouées.

Et lorsque l'infirmière a pénétré dans la chambre, elle a rencontré le regard étonné et particulièrement intéressé d'une patiente dignement assise…

« Que vous arrive-t-il, je vous intrigue ? a demandé la jeune femme.

— Écoutez donc, vous seriez pas une parente de la Raymonde Daroudou ?

— Je suis sa petite-fille.

— Je me disais aussi, cette petite elle est aussi belle qu'une de mes copines d'école qu'était plus jolie qu'un coquelicot dans sa robe rouge. Me voilà en pays connu. Comment vous appelez-vous ?

— Je suis Madeleine.

— Alors, dites-moi ma belle pécheresse, vous allez bien me changer cet éclairage de veillée funèbre ? Le diable m'emporte, on n'a pas idée. Faut mettre plus de vie là-dedans. Voilà qu'on m'a déjà à moitié enterrée, j'y vois pas plus clair que dans une fosse. »

Quand je pense combien j'ai été malade autrefois avec ce poumon qui m'avait joué un sale tour. J'aurais pu en mourir comme ma sœur. On l'a pas sauvée, la Jeanne. Alors comprenez-y quelque chose, vous qu'êtes infirmière… J'ai bientôt quatre-vingt-dix-sept ans. Je suis dans cette maison depuis plus de sept ans et si j'avais pas eu ces ennuis aux jambes, je serais encore chez moi. Avec toute ma tête. Elle fonctionne bien ! Mon neveu qui a vingt-cinq ans de moins que moi, a recours à ma mémoire pour bien des rappels, rendez-vous compte ! Oh, je me prends pas pour Cyrus bien sûr.

Je suis quand même plus solide que bien des gens de mon âge qui ont jamais été malades de leur vie. J'ai pas à me plaindre, j'ai pu rester à la maison jusqu'à quatre-vingt-dix ans, que voulez-vous ?… Ça fait rien, c'est pas gai loin de mon paradis perdu. Y a qu'en prison qu'on a tant de temps libre. Je suis là en prison avec tous ces vieux. Y a que des vieux ! Ça bave, ça crache, ça sent mauvais. Ils se plaignent, je comprends bien, c'est normal, ils ont plus que ça à faire. Il y en a une qui pleure tout le temps à cause des vides entre ses dents branlantes. Comme je lui ai dit, faites-vous une raison, elles repousseront pas, il y a que chez les requins qu'elles repoussent… “Vous croyez ?" qu'elle a répondu d'un air bien bête. Quoi répliquer ? Ça sert à rien de croupir comme ça dans des larmes, ça vous ramollit l'âme.

Plus de conversation, je dois parler aux murs, moi qu'aime tant parler. Pensez ! Ils perdent la tête ou ils en gardent qu'une partie. Heureusement les filles de service sont gentilles, je peux bavarder de temps en temps avec elles. »

Chaque entretien que la Yute peut attraper à la volée et prolonger un peu constitue pour elle son petit cadeau, sa petite lumière du jour. Et l'infirmière ou l'employée repart, consciente et satisfaite de savoir tenir de tels atouts entre ses mains.

« Elles ont trop à faire et ne sont pas assez nombreuses, le service est quand même impeccable. Mon neveu vient tous les jours me donner des nouvelles du pays mais ça fait rien, je m'embête, je m'embête à cent sous de l'heure. On me dit gâtée de vivre aussi vieille ; on me félicite même, il y a de quoi je vous jure ! À qui l'honneur ?… C'est vrai que c'est un peu grâce à moi – je devrais mieux dire à cause, bref ! – oui, c'est bien un peu grâce à moi si je vis encore ! C'est bien parce que j'ai été raisonnable tout le temps. Tous ces jeunes qui fument, qui boivent, ils seraient morts avant l'heure dans mon cas, vous pouvez être tranquilles. Ils auraient pas eu la patience et le cran… Après tout c'est peut-être mieux que de végéter avec cette mort qui vous a à l'œil et qui joue au yo-yo, la garce ! Des fois, j'ai l'impression qu'elle me fait un clin d'œil, mais elle me renvoie aussitôt dans mes appartements. Dame ! elle m'en fait voir. Elle a pas l'air de vouloir de moi. Elle doit bien rôder autour, mais je la sens pas encore.

Quand je pense à mon Georges, mon p'tit gars qu'est parti avant moi, si jeune encore, si beau, si bon vivant... C'est rageant quand même. Et quelle idée qu'il a eue de se faire incinérer ! Ça me travaille sans arrêt de l'imaginer réduit à un tas de cendres dans une petite urne. Non, on n'a pas idée ! Dame ! ça avait été un numéro ! Il était aussi gourmand qu'un chien étant petit, et il raffolait des omelettes soufflées, une sorte de gâteau, un machin sucré. "J'en veux ta-Yute, j'en veux." Et il tendait son assiette.

"Toi tu seras servi à ton tour et puisque t'es le plus jeune, tu seras servi le dernier. En voilà des façons ! Et puis on décrète pas Je veux. Le roi dit *Nous voulons*.

— Nous en voulons, ta-Yute.

— Nous en aurons tout à l'heure."

"Mange au lieu de pleurer", je lui ai reproché un jour, mais il continuait, il continuait...

"Tu parles bien de manger, toi ! Elle se mange toute seule mon omelette."

Évidemment, plus elle se refroidissait, plus elle se ratatinait !

Quant à la soupe, il trouvait pas qu'elle se mangeait toute seule, il en avait toujours trop. C'était souvent la comédie comme le soir où je m'étais relevée de table pour je ne sais plus quoi faire… Je reviens… Il était par terre. J'ai cru qu'il était tombé de sa chaise et je dis à mon père :

“Tiens ? Voilà qu'il tient plus debout, lui ! Dis-moi Georges, comment ça se fait que t'es tombé ?

— Il est pas tombé ! Il se roule.

— Il se roule… ? Relève-toi immédiatement !”

Il répondait pas. J'avais à ce moment-là des sabots qu'avaient le bout assez pointu. J'ai sorti le pied du sabot pour lui donner des petits coups.

“Allez, relève-toi.”

Il réagissait toujours pas.

“Je vais remettre mon sabot et là, tu le sentiras passer, je te préviens.”

Il se relève ; je le fais asseoir sur sa chaise et pas doucement.

“Mange je te prie !

— J'en veux pas.

— T'en veux pas ? C'est nouveau ça !

— J'aime pas la soupe.

— Depuis quand ? Depuis quand que t'aimes pas la soupe ?

— Elle m'enrhume.

— Tu en mangeras quand même.

— Nous n'en voulons pas.

— Nous en aurons. Et tu vas être malheureux parce qu'ici on en mange trois fois par jour ; tu vas pas désenrhumer."

C'était pas vrai. J'en servais que le soir ; le matin c'était café au lait ou chocolat ou bien autre chose, mais pas de soupe ; le midi non plus. Il y avait des maisons où on mettait de la soupe à tous les repas mais pas chez nous.

"Eh bien alors – parce qu'il parlait très bien, il venait de la région parisienne –, eh bien alors j'aime mieux m'en retourner chez ma maman.

— Eh bien alors tu resteras là et tu mangeras de la soupe."

Longtemps après, quand il est revenu des camps de jeunesse, il m'a bien dit : "Quel fier service tu m'as rendu à m'obliger à manger de tout." Pensez ! Il y avait là-bas des gueules fines qu'aimaient rien et qui crevaient de faim. Lui mangeait sa soupe et la leur. »

Tout en parlant, la Yute épluchait sa troisième mandarine. Elle n'était pas exigeante dans la demande. Elle réclamait seulement des mandarines, des mandarines. Toujours. Il lui en fallait beaucoup.

Eux ne comprenaient pas que d'un seul coup elle se soit mise à les aimer, elle en était avide. Ils la regardaient, ne sachant que penser. Encore un caprice de vieille fille.

« Mes goûts ont changé, s'excusait-elle ; il y a un temps pour tout. » Oui, ce temps présent où pour elle c'était gratis. Elle en avait eu tant envie de ces fruits d'une belle couleur, dans sa misère d'autrefois ! Un luxe. Elle avait le raisin, les pêches de sa vigne et aussi les mûres qui crapahutaient dans les bouchures ; pas de quoi se plaindre ! Alors elle se refusait à leur expliquer… Ça ressemblait à une petite blessure en elle, qu'elle refermait ; c'était un des petits manques de toujours qu'elle se régalait à compenser sur ses vieux jours. À quoi bon rapporter cela à des nantis ? Ils hausseraient les épaules avec l'air qu'elle n'aimait pas. Ils la regardaient se goinfrer tout en parlant du soleil qui se mettait à percer et des dernières tueries chez les Tchétchènes. Elle en était encore aux jours passés avec son Georges. À son enfance.

XVIII

C'est pas tout rose

« C'EST PAS TOUT ROSE d'élever des gosses, faut toujours être en lutte. Pour ses devoirs aussi j'avais souvent la bagarre. “Mais qu'est-ce que t'as Georges ? T'en fais une tête !

— Je sais pas faire mon problème.

— Il est donc bien difficile ? Dépêche-toi, tu nous coinces toujours au moment des repas.

— Eh bien je sais pas.

— Écoute, si tu lis bien ton texte, la réponse est soufflée dedans ; je la vois.

— Je la vois pas moi.

— T'as qu'à chercher paresseux, flandrin. Si tu la cherches pas, tu la trouveras pas ; et c'est simple comme bonjour.

— Aide-moi donc grand-père.

— Mais mon pauv' Georges, je sais pas.

— Tu sais, elle veut pas me faire voir.

— Ah ça par exemple ! Qui t'appelle elle ?

— Toi ta-Yute.

— Montres-y, me disait mon père.

— C'est ça, ça sera beaucoup plus simple vois-tu ! Il aura rien compris et il aura qu'à le recopier. Âne il est, âne il restera et le jour où il passera le certificat d'études l'an prochain, il me mettra dans sa poche et il me sortira au bon moment.

— Bon, Georges, assez discuté, range tout. Tu feras ton problème demain matin avant de partir à l'école. Je t'appellerai tôt, n'aie pas peur."

Quand je lui faisais le coup, il se levait le lendemain tout pimpant.

"Bonjour ta-Yute.

— Bonjour mon gars, t'as bien dormi ?

— Oui et je sais faire mon problème tu sais, j'ai réfléchi.

— Allez ! Mets-toi en campagne."

C'était vite torché. Et tout juste, avec ça !

Après je disais à mon père :

"Pourquoi tu veux que je l'aide, c'est pas un service. Je connais ses capacités, il peut faire par lui-même, il est pas bête. Je veux bien le mettre sur la voie, je veux bien à l'occasion, quand il a du français à faire, lui donner des idées, mais ce qu'il attend c'est que je fasse le travail. Rien que l'idée de l'effort, ça lui coupe les bras et les jambes. Enfin, étais-tu capable avec maman de nous montrer, quand on était gosses ? Si on a appris, on a bien appris que par nous-mêmes, on n'était même pas guidés. Et j'ai pas le temps."

J'aurais pu, j'aurais bien pris le temps parce que ça me plaisait mais ça, je le voulais pas.

Le jour où il me décrivait la main qu'avait le tarse et le "métapatte"... Ah je lui ai dit : "Répète un peu voir, parce que tout à l'heure c'est ma patte à moi que tu vas avoir sur la figure, tu vas voir si c'est une métapatte. Regarde bien sur ton livre."

Et des fautes, des fautes dans ses copies !

"Autant de fautes que tu auras, autant de gifles. J'admets des fautes dans une dictée mais pas dans une copie. Je te dirai pas le nombre des fautes, tu le sauras au nombre de gifles."

Et quand je lisais, il se mettait en garde, la main relevée du bon côté de sa tête.

"Oh, t'as pas besoin de te mettre en garde, je taperai de l'autre côté.

— D'abord c'est forcé que je fasse des fautes. Tu m'as dit que *la crainte paralysait l'intelligence.*

— Dame ! la tienne, elle est bien paralysée à fond !"

C'est à peu près les seuls moments où je voyais mon père réagir. Ce gars, pensez ! il le défendait. »

« Je suis contente qu'il ait pu profiter de mes neveux encore un peu après la guerre quand ils venaient passer un jour ou deux avec nous :

ses “deux p’tits gars”, il se plaisait à dire. J’aurais bien aimé pour eux des filles d’ici, des filles de la terre ; pour qu’ils restent avec nous ; à nous continuer après… Ils sont trop loin maintenant… Pour lui c’était pas ben gai, tout seul avec moi dans cette maison. Et moi j’étais toujours occupée, il pouvait plus rien faire, il était trop fatigué. Il a été heureux de voir son patrimoine entretenu, ses petits lopins sauvegardés. Il l’aimait sa terre. Il y a qu’avec elle qu’il a trompé maman. Dame ! il disait rien, il était pas démonstratif, mais je suis sûre qui me savait gré de continuer son œuvre. Je le voyais à la façon qu’il me regardait par moments. Il avait jamais su comment s’y prendre avec ses enfants, il nous connaissait pas tellement. Et puis je crois bien que la crainte que je le plaque le laissait sans défense. Ça l’empêchait de parler, de dire une maladresse qui m’aurait chassée de là. Dame ! avec mon sale caractère il craignait mes colères. C’est toujours mieux qu’une bonne douche qui fatigue, la colère. Ça apaise, ça va sans dire. Ça va même en disant, avec moi ; il me craignait, pauvre vieux !

Des fois je lui en voulais. Pour ses ongles des pieds, tout jaunes, tout noirs qu’il laissait pousser comme des griffes. Pour ses manches de chemises qu’il frottait sans précaution partout où c’était sale. Je lui criais après et lui ne disait rien. Je lui en voulais pour son silence. Je lui reprochais de ne pas être une compagnie mais depuis qu'il est parti je vois clair et je me taperais dessus. Je vois bien de la détresse dans ça, dans la façon de laisser tomber son dos et ses épaules. Comme une plainte sourde. Il parle, le corps. Aussi bien quand tu as mal à l'âme que quand elle est en folie. C'était pas seulement la vieillesse qui lui faisait parler ce langage de la désolation. Jamais une plainte, jamais une larme. Le contraire ç'aurait été un luxe pour lui.

Quelquefois le regret me prend. Je voudrais qu'il apparaisse là une minute, rien qu'une, pour accaparer sa main et mettre mes doigts autour. Je crois que je lui dirais tout ce que j'ai pas su lui dire, tout le bon qui réchaufferait son vieux cœur ; ça lui ferait chaud partout. Ça m'enlèverait un poids. Et quand il fait ce temps bourru d'aujourd'hui, avec les rafales qui s'en prennent à tout, j'entends comme des reproches dans les coups de gueule du vent. Dame ! il se tairait s'il savait comme ça me fait mal… Oh ! Mon vieux a bien dû comprendre que je l'aimais à ma façon… »

« Il y a quelques heures que les deux de la chambre voisine sont passées de l'autre côté. C'est bizarre… elles étaient là toute la journée à pas parler ou à se lancer dans des dialogues qu'avaient ni queue ni tête ; et c'était pas souvent !

De temps en temps elles se regardaient ; même pas en chiens de faïence ; elles se regardaient pas ; elles se traversaient. Il faut croire qu'elles pouvaient plus se passer l'une de l'autre ; elles devaient se nourrir l'une de l'autre ; ma foi, c'est pas en se regardant dans le blanc des yeux en tout cas ! La plus jeune est morte à 7 heures. L'autre l'a suivie trois heures après. C'est leurs deux souffles qui devaient se mêler et en faire qu'un pour les soutenir. On les enterre après-demain.

Ça m'a fait tout drôle. Ça arrive pas tous les jours une affaire pareille. On nous l'avait caché, mais j'avais eu la puce à l'oreille avec ces allées et venues anormales. Je me suis dit : "Qu'est-ce que c'est qui se passe ?" Et je les ai tous cuisinés pour savoir. Dame ! ils veulent pas nous effrayer, mais on n'est plus des gamins, on voit bien les places vides à table, si on n'exprime rien. »

« Quand Georges a été plus vieux, j'ai continué à batailler avec lui. Je badinais pas sur ce chapitre-là. Il m'écrivait des chantiers de jeunesse en faisant de ces fautes ! C'est pénible quand on est conscient qu'ils peuvent faire mieux. Sinon on passe sur les fautes, on les voit même pas. Je lui renvoyais ses lettres avec les fautes soulignées, même pas corrigées. Mais c'est que Monsieur se vexait. Il avait fini par m'écrire : *"Tu n'auras plus de mes nouvelles."* J'avais répondu : *"Je ne demande que ça parce que je ne t'enverrai plus d'argent non plus et puis je gagnerai du temps ; le temps c'est de l'argent, double économie."*

Il savait bien me récrire quand il avait besoin de sous ; et sans fautes. Je lui disais tout le temps qui y a des fautes évitables ; je pardonne pas les fautes d'étourderie. Ce qu'ils sont cancres de nos jours, tous ces gens qui savent pas écrire ! Georges prenait mes méthodes pour de la canaillerie mais quand il a choisi de travailler dans les bureaux de poste, qu'il en a eu marre de pousser les wagons dans les gares, il a bien fallu qu'il se mette au travail pour grimper les échelons. Il lui a bien fallu en prendre, des leçons d'orthographe. Il s'est même inscrit à l'IPO, Institut Pratique d'Orthographe, mais il s'en est pas vanté, je l'ai su qu'après et il me disait :

"Ce que j'étais con ! Ce qu'on est con quand on est jeune !"

J'avais voulu le pousser jusqu'au brevet élémentaire. Mes moyens me permettaient pas de payer une pension mais ici il y avait le cours complémentaire qui préparait à ça. Je pouvais donc le garder avec moi. Son maître me disait toujours qu'il pouvait faire mieux que le certificat d'études. Dame ! je le savais ; j'aurais pu le diriger jusque vers l'École Normale s'il avait voulu, mais il était aussi fainéant qu'un loir. Il en avait l'étoffe mais quand j'y ai proposé, quel scandale !... Oh là là, avec ses grands yeux qu'il tournait tout blancs dans les deux sens. "C'est ma mort que tu veux, ta-Yute !

— Oh je veux pas ta mort. Tant pis pour toi, tu travailleras."

Il voulait pas mourir, lui. »

XIX

Le naufrage des autres

UNE NUIT À L'INFINI, un jour à l'infini. Un espace aride. Grâce à un quart de fenêtre, elle suit le tracé du temps au mouvement du soleil lorsqu'il veut bien se montrer. Mais le plus souvent, son horloge se noie dans la pluie. Un début de surdité fait que la Yute ne l'entend que quand elle frappe fort le sol pour s'y faire une place.

La toile d'araignée qui pend à un angle lui indique le sens du vent. Par temps clair, elle fixe les étoiles du soir. Quelquefois elle s'amuse à les compter ou à chercher des présages. Elle se surprend à sourire au ciel, avec des pensées douceâtres. La garde de nuit vient la voir, s'assoit un peu, puis d'un pas pressé, soulagée, repart. « Tout à l'heure, j'apporterai votre tisane ».

En attendant, la Yute, allongée sur le dos, perd ses regards sur le ciel ni blanc ni gris qu'offre le plafond de sa chambre.

À l'heure où les chariots déambulent dans les couloirs, que des pas se précipitent, elle attend que l'on vienne pour pousser son fauteuil jusqu'à la salle à manger aux bruits qui sonnent le vide. Son visage se ferme, refusant ce naufrage des autres qui l'inquiète. Elle les entend qui se chipotent comme des petites filles, comme des petits garçons. Alors elle se penche sur l'assiette, devenant pour une heure, sourde, aveugle et muette à côté de tous ceux-là qui retombent dans le mutisme. Après le dîner, la nuit venue, elle attend le jour suivant, les paupières baissées sur la lumière de son vieux monde. Elle renoue des liens. Mais à quoi bon ces émerveillements lorsque les petits matins crayeux s'ouvrent sur un présent mort de toute vie et dangereusement plat. Où elle devra pour la galerie maîtriser sa tristesse, se cantonner dans une attitude mensongère. Un compromis nécessaire dans le repli poli de ce désespoir tout de piques et d'épées, afin de ne pas rebuter les sympathies indispensables à sa survie.

La Yute maudit certains réveils en fanfare après le mauvais sommeil. Elle appréhende l'agacement sournois de certaines employées dont la tonitruance, parfois, traduit toute la mauvaise humeur contenue. Griffée par ces agacements et par des pincées de mots, elle se rabat alors sur son petit poste crasseux.

De plus en plus souvent on la retrouve qui somnole dans le fauteuil de l'abandon. « Là-dedans, j'ai tout l'air d'un vieux tableau dans son emballage. » Mais dès l'approche de la moindre présence, le corps brutalement se redresse dans un sourd rappel à l'ordre, « raide comme la justice ». Les traits reprennent leur place, austères et sur leur garde. Et elle se relance dans ses éternelles histoires qui l'obsèdent, et qui sortent d'elle par à-coups tels des spasmes. Elle ne s'appartient plus, emparée par sa mémoire, bifurquant en des digressions interminables. Et les visages à l'écoute ont le pouvoir de ces gestes qui apaisent.

Elle parle alors très fort. Avec aplomb. Pour le public. Tout va bien, elle existe ; on se doit de l'écouter. Elle clame encore à qui veut l'entendre, avec une sorte de volupté qui amuse la galerie « jeune et jolie je suis ; parfaitement », exorcisant cette laideur qui l'encombre. Elle profère contre la malédiction, de la bouche ingrate, telle une balafre maladroitement taillée dans le bas du visage, avec les commissures qui chutent outrancièrement et de façon inégale.

Elle brave tel l'innocent enfermé, avec ses faux rires, mais prisonnier à perpétuité ; ou tel l'aveugle devenu, qui pointe allègrement la canne fraîchement peinte vers les dieux aussi allègrement sourds. Oh, gens de bonne volonté, compatissez… si vous saviez… l'injustice…

Un premier, un deuxième, un troisième, toujours les mêmes tristes matins… Les nouveaux bruits qui se découpent ; plus rien de ceux d'autrefois ; elle s'y fait, elle a franchi le tournant.

« Dame ! c'est pas utile que je pense à prendre mes jambes à mon cou.

Quelle robe vous me mettez ce matin ? J'aurais préféré la bleue. Ça sera pour demain, ça fait rien puisque tous les jours on change ici, c'est tous les jours dimanche…

J'en ai des toilettes ! J'en ai jamais autant eu ; j'ai jamais été aussi élégante. »

Et cependant les blouses de la Yute étaient les plus belles du village ; originales même. Elle les confectionnait tels des patchworks avec les morceaux réunis les moins usagés des blouses anciennes. On l'en félicitait, on copiait ses modèles, elle en tirait fierté… « Et puis je devrais être contente, il paraît qu'aussi laide que je l'ai été toute ma vie, je suis devenue une belle vieille. J'ai pas une tache et pas une ride, même pas autour des yeux, Caroline a confirmé. Dame ! j'ai toujours porté "Séduction" sur la tête pour me protéger du soleil et j'ai jamais mis de leurs saloperies de crèmes aux hormones de poulet. Après la toilette, je me rinçais encore à l'eau de Cologne qu'est soi-disant un poison pour la peau. J'ai pas de boutons ? J'en ai jamais eu parce que j'ai pas pris leur manie à eux tous, d'*aufigner* le premier venu. Il y a des modes idiotes comme ça ; on sait pas pourquoi. Ils y viennent tous ; d'un coup ; ils font les moutons. Ces *aufignades* à n'importe qui… ça m'en donne la chair de poule. À quoi ça ressemble ? Une bise discrète, admettons… et aux intimes… Mais je te claque à droite, je te claque à gauche… ça vous a un bruit de pièce fausse qui tomberait dans le vide. Dame ! je tends vite la main et je recule. Je préférerais tout de même le baisemain ! Avec cette manie à la mode de saluer à coups de bises, on se passe les boutons. Qu'on s'étonne pas qu'ils courent aussi vite les virus !

Comme on le rabâche sans arrêt, faut des contacts, des contacts ! C'est bien le cas de le dire. Mais il y a longtemps que les gens se tournent le dos ; ils se fuient. La preuve, c'est qu'ils se voient obligés de se raconter à la télé ; ils se dépouillent, ils se mettent à nu. Et après quelques fricassées de museaux en regardant en l'air, c'est le repli, on les oublie. Il paraît qu'ils se sentent purgés. Purge donc le diable.

Mais cette belle peau, ça tient de famille. Comme la Blanche, comme maman… Et mes mains, je les reconnais plus. C'est vrai qu'elles sont longues et fines. Maintenant que je ne fais rien, elles sont douces en plus. Une deuxième jeunesse, ma fois… “Bien sûr la Yute, bien sûr ! Vous êtes la plus belle, regardez les autres…”

Avec cette cataracte je peux même pas m'en rendre compte. »

Quelques-unes ici ont la peau lisse, déridée en surface par des produits barbares. Du rénové. En dessous c'est prêt à craquer. Rien à voir avec cette peau de pêche de la Yute, que le temps se refuse à entamer. Le visage, bien structuré encore, n'est pas marqué, si ce n'est au niveau du menton qui a tendance à glisser vers l'avant, poussé par le grand âge. Il a tout de même gardé sa forme simple, sans la graisse qui larde ; la peau n'est pas relâchée. Mais la Yute demeure charitable ; elle se montre modeste, discrète, et aveugle face à ses congénères marquées de tous les stigmates abhorrés.

« C'est vrai que si ma vue baisse, l'odorat, lui, est encore bon. » Ah oui ! Elle pourrait encore sentir la bonne chaleur de sa terre et ses essences douceâtres. Elle avait bien du mal à les défaire en elle ; elles l'appelaient telle une voix qui cherche à ranimer ; ça lui en réveillait le sang.

Voilà qu'elles la chahutent à nouveau entre le cabinet de toilette et le lit, ces gentilles maîtresses d'un temps décoloré et plombé, après l'avoir bien pomponnée et avoir mis ses deux baguettes violacées sous le séquestre d'épaisses bandes élastifiées, ses pauvres pattes folles toutes meurtries. On les a déposées là sur le marchepied du fauteuil, dont elles ne décolleront que pour les pauses-pipi, les siestes et le coucher. Elle ne s'en plaint pas.

La Yute est souvent tentée de les ramener, repliées devant elle, ses deux bras les encerclant comme les jantes des tonneaux, le menton relâché sur les genoux. Elle en ressent par moments un besoin pressant dans une manie qui vient de loin.

Elle voudrait essayer, elle a l'impression qu'elle respirerait mieux mais elle s'en garde bien, ce serait alimenter cette douleur ouatée qui ne veut pas décrocher. Elle la chasse, elle s'applique et y parvient presque. Et lorsqu'elle tire à temps le rideau de soie, s'il lui arrive d'égarer des doigts imprudents à travers quelque déchirure, elle les retire vite, elle est experte. Elle passe machinalement le nez sur son bras qu'elle relève, là, juste à l'embouchure de l'avant-bras, pour y sentir le savon Cadum de toute sa vie, pour noyer ce chagrin sans bruit.

Ainsi elle ré-existe, retraverse ses trente, ses quarante, ses cinquante ans. Pour quelques minutes, sa vie tient à cette odeur.

Il y a tout près d'elle la vieille femme qui dévide ses prières comme des complaintes à longueur de journées. Elle en appelle à sainte Rita, saint Michel, saint Christophe, à tous les saints du paradis. La Yute ne le peut pas, mais peut-être qu'elle l'envie ? Demain l'autre disparaîtra, les saints l'accueilleront à l'arrivée ; elle en est persuadée. On verra ben !

« Dieu devrait me connaître, je fais partie des siens, j'ai jamais mal agi. Qui sait ! Peut-être qu'il m'apprécie de là-haut et qu'il fera sortir les anges et les violons pour moi, le moment voulu ? D'autant plus que je ne lui aurai jamais rien demandé, même pas de m'aider à me tenir debout sur mes deux bâtons… et cependant… Je l'ai jamais embêté avec ma personne, il en a toujours fait ce qu'il a voulu, si c'est pas une preuve d'amour de ma part, ça ? Il m'a ben assez donné toute ma vie. J'ai toujours eu pitié de lui ; il a tellement à faire avec tous ces gens qui s'agenouillent pour des babioles. Et avec tous les malheureux de la terre…

D'ailleurs si je le voulais, je pourrais même pas m'y mettre sur mes genoux ; les voilà à moitié atrophiés. Ils m'ont tant servie et j'en ai abusé. Dans mes rangs de salade, dans mes rangs d'oignons, sur les carreaux de la cuisine que je frottais à quatre pattes pour aller bien dans tous les coins. Y a rien de tel, dame ! »

« Hier la Javouaille est venue me voir, elle m'oublie pas. C'est pas bien son nom, mais depuis le temps j'ai oublié le bon. La Javouaille… c'est à cause de son mauvais parler qui faisait bien rire tout le monde. Elle a vécu un peu plus loin, là où on parle encore plus mal que chez nous. Elle avait sorti à la Marie, dont les filles avaient la rougeole et qu'était bien embêtée avec ça : "Vous inquiétez pas, c'est pas grave, c'est une maladie nécessaire à l'enfance. Ma grande Gertrude, dès qu'elle est un peu fatiguée, elle a peur de l'avoir attrapée, elle chine ; mais je lui ai bien dit, tu peux toujours chiner, faudra que tu l'avouailles."

Ça n'a pas raté, on ne l'a plus connue que sous le nom de la Javouaille.

Du côté de Vic, du côté de la Berthenou, il y a des jeunes pas très avancés qui emploient encore un drôle de vocabulaire. Maintenant les enfants se déplacent. Ils vont au lycée.

Cette Javouaille !… Il fallait pas que sa fille chigne ! Et la Bujoune qui parlait des célibataires !… "T'es une célibatrice toi, la Yute !" Je corrigeais pas quand elle appelait doctrice la doctoresse, c'était logique et bien plus joli.

Dame ! elle est bien conservée la Javouaille, pas décatie du tout, elle fait plaisir à voir. Elle a même embelli en vieillissant. Le Javouaille lui, a jamais été charmant. Avec ses yeux gros comme des points et son nez plat on le prendrait plutôt pour un guerrier d'Attila. Mais gentil ma foi ; et serviable. »

Elles vont, elles viennent, elles remuent autour d'elle telles des actrices de films muets. Quelques mots tombent ; autour de la pluie et du beau temps ; autour de ses soucis ménagers ou de sa fatigue. Elles sont courageuses, gentillettes. La Yute lance ses blagues et ses pointes d'humour à la cantonade. Dans le lot, certains sont aptes à les recevoir et à les apprécier à leur juste valeur. Certaines… Les autres se contentent de ricaner sans trop savoir pourquoi. Pour se mettre dans le ton. Et la Yute, qui s'en rend compte, appréhende cette frustration devenue habituelle. Dans l'attente vaine des répliques, elle cherche à prolonger l'instant de gaieté, mais « elles sont toujours pressées ces p'tites, tellement de boulot. Pas de temps à perdre, pas de temps pour la rigolade. »

Tout le monde file après avoir déposé plateau ou cuvette. Après avoir ouvert ou fermé la fenêtre et jeté un regard furtif sur la montre, sans se soucier des états d'âme de la Yute.

La distraction passagère met douloureusement en évidence sa différence. Alors la Yute, recroquevillée dans son fauteuil, ferme un long moment les yeux pour échapper au spectacle triste de sa prison. En faisant le vide pour ne pas redevenir la proie des nostalgies ; l'exilée, la survivante.

Sa vue baisse. En vain elle scrute la zone d'ombre qui s'élargit devant elle. Sa main tremble dangereusement pour saisir le bol de Ricorée. Le liquide lentement ingurgité, elle tâtonne maladroitement la table avant de le reposer. Elle cherche un emplacement du bout des doigts, puis se décide. Elle cherche un autre vide entre les objets pour poser ses mains à plat. Elle a toujours aimé ce geste de poser ses mains à plat devant elle, livrant là ses défenses. Puis les retournant, elle interroge ses paumes, la ligne de vie. « Dame ! elle est longue et nette ! je suis pas encore partie ! ».

Elle semble se recueillir, si émouvante ainsi abandonnée. Une pensée, un souvenir la traversent qui la poussent à parler. Elle ne peut s'en empêcher, c'est cela qui la sauve. Le langage est devenu pour elle le seul domaine où une entière dignité est sauvegardée, où l'autonomie n'est nullement entamée. Elle continue à raconter, à se raconter sans cesse. « Le bon Dieu m'a pas encore coupé la langue et il a pris qu'une partie de ma carcasse, je suis pas bien à plaindre. » La pitié, elle ne veut pas de ça la Yute. Elle peut encore remuer les bras, se coiffer, se gratter la tête. Elle a bien un peu mal au coude aux changements de temps mais déjà à quarante ans… elle se faisait des cataplasmes d'argile… même la nuit, la douleur la réveillait.

Elle se rappelle qu'aujourd'hui c'est la Saint-Jean. Toujours les mêmes dates qui lui chahutent l'âme d'une saison à l'autre. Ils prennent de plus en plus d'ampleur, si des détails se perdent comme les confettis… « Dame ! ça en fait des Saint-Jean que je passe ici et que j'ai pas vu le grand feu. Dès que la flamme était moins haute, on sautait tous pardessus pour avoir du bonheur toute l'année. On se tenait par la main et on sautait en chœur. C'était aussi une période bénéfique pour la cueillette des herbes. On les ramassait entre le lever et le coucher du soleil, ça guérissait de tout. Elles s'en moquent bien les filles du service ici. Elles rentrent pas dans ces croyances, ça leur parle pas trop tout ça, aux jeunes, je les embête peut-être bien avec mes vieilles histoires.

J'ai souvent sauté au-dessus des flammes et ma foi, j'y ai gagné un peu de bonheur… »

XX

Un pas, rien qu'un pas

ELLE A REFERMÉ l'album de photos ; sur les corps figés, sur les visages composés, sourires de commande… « Ne bougez plus et souriez. » Le photographe, tête dans le drap, était trop long à décider. Des photos tellement vieillies qu'elles paraissent fondues dans leur support de carton. Religieusement, la Yute a des deux mains enveloppé son monde évanoui.

Revenue de son échappée, elle s'est remise à parler tandis que Caroline, transportée jusqu'au village, jusqu'à la petite maison abandonnée, imaginait le grand tablier bleu et le chapeau légendaires accrochés à jamais à la patère dans l'oubli des départs précipités. La maison pâlie, les yeux fermés, avec le bois des volets un peu plus rognés par le temps.

Leur surface ramollie commence à partir en grosses fibres grises. La vigne qui les surplombe démissionne. L'échelle inutile retranchée contre le mur près de l'ouverture du grenier se tasse, accablée par l'oubli. La volaille a déserté, les lapins… Les ronces s'en prennent joyeusement aux parois du puits et galopent au-delà. Et le jardin agonise. Un massif quelconque, quelques légumes persistent… « Tu m'écoutes pas », lance la Yute… La maison lézardée, la maison en cendres, en perdition dans les hautes herbes… « Son » Gérard, son préféré, celui qui dit toujours « T'as été ma mère, ta-Yute », lui aussi pense souvent à tout cela. Il imagine la porte close… Toujours, la Yute sera là derrière, bien vivante et immortelle. Là on perçoit sa voix.

Dans le petit chemin que bordent les maisons, on n'entend plus les sabots et les charrettes faire grincer le gravier. On n'entend plus les chèvres et tout autre troupeau.

Plus de vieilles femmes, une main tenant la canne et l'autre la musette.

Seuls, quelques vieux témoins de ce passé. Tristes, parmi quelques étrangers…

La Yute préfère ne pas imaginer l'état des lieux, ne pas y penser. « Ça a dû bien changer ; y a pas que moi ! Et la campagne… Il paraît que les bouchures ont été supprimées ; plus de clôtures, des grands champs pleins de froideur, c'est le Jules qui m'a rapporté ça. Ils seraient coupés par de nouvelles routes qui s'entrecroisent. Mon Berry, il échappe pas à la malédiction. On a même pas respecté les platanes au bord de la route ; à cause des accidents, qu'ils racontent ! Ces platanes que j'ai vu grandir. Dame ! ils étaient devenus tellement envahissants qu'ils fâchaient le soleil. Ils ne se laissaient pas faire par lui. Ils lui concédaient juste quelques ouvertures par-ci par-là entre les branches. Ça donnait de la fraîcheur et une bonne ombre aux routes, l'été ; tout comme si on passait sur des rivières. Et j'aimais bien quand le vent faisait jaser les feuillages en cerceau au-dessus de la tête.

Il faut pas vivre trop longtemps, c'est dur à supporter tous ces changements. Il y a du matin au soir les "ne plus", "plus jamais", des vides, des liens qui se perdent avec tous ceux qui sont partis et que la mémoire veut pas laisser tomber dans une trappe. Les courants plus forts que vous qui veulent pas lâcher prise ; tout ce qui vous fait battre de plus en plus la breloque… Moi, je crois bien que je mourrai l'année prochaine.

— Pourquoi parles-tu de l'année prochaine, la Yute ? Qu'est-ce qui te fait dire ça ?

— Pourquoi ? Mais parce que j'ai l'âge. Dans le quartier et ici il y a presque plus que des vieux. De temps en temps il en manque un à l'appel… J'ignore pas que j'ai franchi la dernière étape entre le monde d'en bas et celui d'en haut.

Mais j'en suis qu'au début et sachez tous que si j'y vais que d'envie, je suis pas encore partie ! Je compte bien prendre mon temps... »

Un raccourci dans une acceptation tranquille et dans le secret d'une mue galopante.

Le grand âge sans doute la mène à l'indulgence envers tous ceux qu'autrefois elle aurait voués aux gémonies. Il efface en elle toute agressivité. Elle a l'air d'un vieil enfant sage, sur sa petite chaise roulante.

On la considère, quasiment douce et plus compréhensive. Faisant preuve de beaucoup d'empathie dans la retraversée de son horizon disparu. Ses rancœurs anciennes qui, petit à petit, ont perdu de leur poids, s'estompant même face à des hostilités bien plus sérieuses, telles celles de la mort faucheuse qui, elle, peaufine sadiquement sa mise en scène.

Elle se demande bien si elle est encore elle, encore la Yute, quelquefois...

Elle ferme les yeux. Elle gratte sa terre, ça lui donne du contentement. Elle respire contre elle, elle retrousse les manches, elle se goinfre d'odeurs dans les bruits d'un vent tout étoilé de pétales et de graines. Un vent porteur de bonheurs anciens. Elle court avec, rentre fourbue et caresse Bibi. Elle murmure « Bibi ». Elle gonfle la poitrine, elle a un rire qui ne fait pas de bruit, elle rit d'elle-même pour s'être laissée prendre au jeu. « Voila que je renifle comme un vieux cheval. »

Un appel vient de sa terre, là-bas. Un pas, rien qu'un pas… non ; décidément… Elle tâte la chair durcie de ses deux pattes folles. Non, elles ne céderont pas à la Yute.

Table des matières

Imprimé en Espagne
Dépôt légal : juillet 2022
ISBN : 978-2-8129-2957-1
ISSN : 1627-6779

www.deboree.com
livres@centrefrance.com